KADAVER

AV

ALEKSANDER LEINES NORDAAS

www.aleksandernordaas.com

Utgitt med støtte fra Mosjøen & Omegn Næringsselskap KF

Bokomslag / design: Aleksander Nordaas

© Aleksander Nordaas

I

Kvistene knekker under føttene på den lille gutten. Så andpusten har han aldri vært før. Livet avhenger av å sette en fot foran den andre, i rett rekkefølge, i rett retning, på rett tidspunkt. Han enser knapt spindelvevet som fester seg til ansiktet, løpende så fort han kan mellom de tette, store grantrærne. Bak hver stamme avsløres bare flere og flere trær, utsprunget av en skogsbunn dekket av glatt mose og kvasse steiner. Bare å holde seg på beina, mer rekker han ikke tenke på.

Blodsmaken i munnen er tvunget fram av de tyske soldatene. Han hører at de roper til hverandre på et språk han ikke forstår. Djevelens språk, pleide bestemor å si. Ropene innhenter og omringer han fra alle kanter. Melkesyren tyter snart ut fra porene, gutten klarer ikke flere skritt. Han klistrer seg inntil et grantre og forsøker å skjule den lille kroppen bak den tjukke stammen. Pusten går så rolig som mulig. Det verste man kan gjøre når man skal være stille er å holde den. Alt må ventileres, før eller siden.

Tyskerne vet de er nærme, ropene har gått over i lavmælte kommandoer. Gutten løfter hendene sakte opp mot ansiktet, en hånd på hver side. Han former hendene som to, små pistoler. Pistolene lades ved å bøye tomlene, supplert med en egenkomponert, lavmælt klikkelyd. Det er nå det gjelder. Ikke for alt i verden om det er her det skal ende, ikke til tyskernes børser og bly. De hadde kanskje tatt over resten av landet, men her stopper det. Han hopper fram fra skjulestedet og stirrer djevlene i øynene. Det er ti, om ikke femten grønnkledde tyskere rundt ham, alle bærende på tunge, svarte maskingevær. De retter våpnene sine mot ham og smiler hånlig. Det er jo bare en liten gutt, tror de. Men de vet jammen ikke hva de har i vente. Han ser seg rundt og møter øynene til alle og enhver, én etter én. Gutten nyter det stille øyeblikket før stormen.

Så kaster han seg ned på bakken og skyter. Han skyter til han blir rød i ansiktet. Tyskerne rekker ikke å blinke før innvoller og tarmer tar til å tyte ut av store, rykende hull i uniformene. Skytelydene krever sitt spytt for å være høye og fryktinngytende nok, og opphører naturlig nok når munnhulen går tom. Tomlene bøyer seg igjen. Han trekker pusten og tvinger spyttet fram fra under tunga. Så tømmer han to nye magasin i de fremmedspråklige kroppene. Tyskerne faller til hjerteskjærende skrik og hyl. Blod og gørr farger mose og gress. Hjernemassen spruter utover trestammene. Gutten er godt trent med håndvåpnene sine og treffer på hvert eneste skudd. Allerede før de har fått avfyrt ett eneste skudd ligger de strødd rundt den lille gutten. De skjønte aldri hva som skjedde. Alle splattet utover, stein døde. Alle unntatt én.

Gutten reiser seg fra bakken, med hår og klær dekket av løv og mose. Pusten innhentes mens han ser bort på en eldre offiser, kledd i staselig uniform med flerfoldige stjerner på både bryst og skuldrer. Han sitter skadeskutt inntil et tre og gisper. Den lille gutten går sakte mot ham. En ekstra kule puttes i høyre håndpistol. Tyskeren skjønner hva som venter han. Det bleke ansiktet under den overdrevne hatten prøver å be om livet sitt, men den lille gutten lar seg ikke affisere av de uforståelige, klagende glosene. Han stopper ved mannen, ser ned på ham og hever den ene pistolen sin. Fingertuppen presses mot tyskerens svette panne. Han gir gutten et siste blikk med bønn om nåde. Guttens ansikt er iskaldt. Han vet ikke engang hva ordet sympati betyr. De har seg selv å takke. Komme her og tøffe seg. Han passer på å ha godt med spytt i munnen før han trekker av. Et bløtt, fyldig skudd. Mer hjernemasse. Bøttevis.

Gutten blåser røyk av pekefingeren. En ekte helt, selve gutten på skauen. Et talent kun til bruk når det var absolutt nødvendig. Det hadde det vært, og skulle tydeligvis videre bli. Fjerne lyder av flere skritt, litt lenger inn i skogen, avbryter den elegante avslutningen. Han sniker seg innover, fra tre til tre, med begge pistolene ladet og klare til pepring nok en gang. En bekk, sirklende mellom trærne, gjør de fremmede lydene utydelige, men det kan høres ut som om noen nynner. Tyskere nynner ikke. Gutten setter seg ned bak et større tre, ventende på melodien som kommer nærmere. Hva i all verden er dette, dypt inni fiendtlig territorium? Han kan ikke ta noen sjanser. Drep alt som lever, lød ordrene. Og da er han nødt til å gjøre det, selv om de nynner aldri så pent. For det som nynner, det lever. Føtter i vann blander seg inn i tonene. Noen kommer vassende ned bekken, rett mot ham. Stille nå. Han teller ned inni seg og puster dypt. Timing er alt. Noen sekunder kan bety forskjellen på liv og død.

Så kaster han seg ut fra skjulestedet og pumper den melodiøse kroppen full av bly. En grønn sommerkjole flagrer gjennom lufta, etterfulgt av et halvhjertet plask fra det grunne vannet. En ung dame ligger livløs i bekken. Gutten prøver å blinke henne bort, men hun forblir liggende urørlig i det kjølige vannet. En svart stripe snirkler seg nedover med strømmen, tynn med det første. Han senker pistolene sine. Den mørke væsken, sivende ut fra damens hode, fortones omsider i en farge idet den brytes og blandes ut mellom de små steinene.

En fot foran den andre, fortere enn noen gang før, mellom trærne og ut av skogen. Han legger både fortid og framtid bak seg, nedkjølt i det kjølige vannet.

2

Lyset fra en telefonkiosk kan skimtes i den regntunge natten. En hardhudet finger trykker inn noen tall på den utslitte nummerplaten. En amorøs jente, eller gutt, har risset inn "Tor Martin" i den svarte plastikken på telefonrøret, rett ovenfor taleenden. Rundt navnet et skjevt hjerte. Tett under supplert med "...har bevertryne!". Dobbel understreking. Et potensielt sjalusidrama. Den mørkkledde mannen i telefonkiosken bryr seg ikke. Det ringer. De kalde fingrene åpner og lukker dekslet på en zippolighter, gjentatte ganger i et fast tempo. En sigarett gløder i munnviken.

– Hallo?!

En overivrig jentestemme svarer i andre enden. Hun kan ikke være mer en seks, sju år. Bittet løsner, men han svarer ikke. Han tar ut sigaretten fra munnviken, retter seg opp og tvinger sammen tennene igjen. Hun vet ingenting om at hun er årsaken til at han ringer, at hun er årsaken til det som kommer til å skje. En ufrivillig katalysator med musefletter.

– Hallo?

Jenta blir stille.

– Mamma, det er ingen i...

Han slenger på. Fingrene griper om det svarte og klebrige telefonrøret. Kroppen blir stående urørlig i det trange avlukket, den primitive innretningen som en telefonkiosk er. Ingen bruker disse lenger, stort sett bare utlendinger eller kriminelle. Han er ingen av delene. Ikke ennå. Røret slippes og døren åpnes. Regnet gjør sitt ytterste i forsøket på å drukne ham, på vei mot en avlang, svart bil, parkert unødvendig langt unna telefonkiosken. Det er en liten halt i hans venstre fot, men ikke i den grad at det er sjenerende. Haltingen hadde heller aldri ført til styggord eller basing i snøen, selv om skavanken dukket opp midt i de mest sårbare mobbeår på barneskolen. Det hadde nok noe med hvordan skaden oppsto, men han hadde egentlig aldri tenkt så mye over det. Det lille gynget i venstrefoten hadde liksom bare alltid vært der.

Det er ikke regnet som haster mannen. Han lukker døra og stenger ute den påtrengende lyden av tunge regndråper mot asfalt. Etappen til og fra telefonkiosken har gjort den svarte dressen dryppende våt, men han later ikke til å bry seg. Blikket går over rattet, ut frontruten og langt uti mørket. Tiden hadde vært mer subjektiv enn vanlig i det siste. Nærmest ubevegelig. Samtidig hadde det skjedd mer de siste dagene enn på mange år. En uklar sammenheng, som alt annet. Enda sitter han her. Et bilde henger fra kjørespeilet, stille blafrende i luften fra varmeanlegget. Det er et typisk familiebilde, av ham selv, sittende sammen med en jevngammel kvinne og en liten jente. Den lille jenta holder på to, mellomstore fisker. En sei og en lyr, etter det han kan huske. Hun smiler bredt nok for dem alle.

Han plukker ned bildet. Det lille som er igjen av sigaretten tas ut fra munnviken og føres ned mot den glatte overflaten. Han holder stumpen over bildet og lar røyken fra gløden treffe han i øynene. Sigaretten føres ned mot kvinnens ansikt. Hun blir gradvis svartere i kinnene, selv uten at glørne har vært i kontakt med papiret. Nærmere, men fortsatt ikke borti. Kvinnens ansikt forvandles til et åpent hull, til et høyfrekvent hyl fra det glansete papiret. Det tar aldri fyr, bare smelter. Magefølelsen gir ingen indikator til eller fra. Helt likegyldig. Det er for så vidt en velkjent følelse, men han hadde egentlig forventet noe mer akkurat nå. Et skremmende tegn i seg selv. Ikke før blikket dras over på den lille jenta, sittende mellom seg selv og den hodeløse kvinnen, kjenner han en omveltning i mellomgulvet. En følelse som alltid har vært svært velkommen, men som nå kjennes annerledes. Den er utydelig, men gjeldende nok til å vri om tenningen.

Det er sensommer. Noen blader har allerede takket for seg og ligger strødd utover veibanen. Det tunge regnet viser seg som lange strek i lysstripene fra billysene, og de utslitte vindusviskerne jobber forgjeves med å få av alt vannet fra frontruta. De mørke øynene stirrer uttrykksløst ut av frontruta, gjennom røyken fra en nytent sigarett. Øynene beveger seg over mot hanskerommet. Han vet godt hva som ligger inni, nokså dårlig gjemt under veiboken og registreringspapirene. Papirene tilhører en svart, importert likvogn, en slik de brukte i statene i gamle dager. Etter utallige år i drift var den fortsatt godkjent som kjøretøy, men kun på papiret. En signatur i bytte mot to flasker Amundsen, noe han ikke så på som en bestikkelse, men mer et vennlig dytt i ryggen. Å bo i en liten by hadde sine fordeler. Bak i den avlange vogna, mellom to vinduer med små, hvite gardiner, ligger en likkiste. Det klirrer fra innholdet.

De mørke øynene bak rattet tilhører en begravelsesagent. En våt og rastløs begravelsesagent. Han er på vei et sted, med pedalen godt klemt nedi gulvet. Et skilt med et tre og en benk avslører at en rasteplass kommer til å dukke opp på venstre side om knappe to hundre meter. Han kjenner godt denne rasteplassen, men han har aldri stoppet der. Ikke siden den gangen. Det prikker litt i venstrefoten, som ligger i hvilestilling over clutchen.

Gulstripene forsvinner under vogna. Han har bare tatt noen få trekk av den nye sigaretten, men hånda er allerede på vei ned i lommen etter en ny.

En stor hump i veien sender plutselig dekkene opp i friluft. Veien har alltid vært dårlig i disse traktene, til stor frustrasjon for enhver hytteeier med hengeren full av takstein og materialer, så en hump i ny og ne var ikke uvanlig. Men denne humpen kan han ikke huske å ha merket før, selv etter mange års farting etter denne snirklete veien. Vogna lander igjen, til lyden av et voldsomt knas fra kista. Han bryr seg ikke. Det betyr ingenting lenger.

Men noe i veibanen fanger imidlertid fort oppmerksomheten hans. En kropp. Ei jente, ser det ut til, strak ut midt i veien. Han får ikke lange tiden til å vurdere før han må dra rattet hardt mot venstre, i et noe sent forsøk på å svinge unna. Den vasstrukne asfalten er som såpe mot den slitte gummien. Hjulene skriker og sender likvogna brått av veien og inn på den annonserte rasteplassen. Panseret brøler i smerte, der det slynger seg rundt noen solide grantrær. Blårøyk siver opp fra sprekker i panseret.

Regnet tar til å stilne. De siste dråpene renner ned langs kantene på viskerne, som har avsluttet strabasene på skrå over frontruta. En pressende stillhet senker seg. Ingen fugler som prater, ingen humler som suser. Til og med suset fra vinden er fraværende. Kun fisling fra panseret høres. Førerdøren åpnes. Begravelsesagenten kommer stablende ut, hastig og omtåket. Han ser på føtter og hender, prøver å bevege dem. Fortsatt på. Fungerer fortsatt. Han klør seg rundt føflekken på høyre side av kjeven, som så mange ganger før i stressende eller ubehagelige situasjoner. Dette er begge deler. Knærne begynner å skjelve. Dette har han ikke tid til, han må...

Så ruller øynene bak i hodet. Kroppen siger sammen på asfalten. Fislingen avtar.

III

En sopran avslutter salmen. Eller så var det en tenor, han husker ikke alle disse betegnelsene. Den lille gutten står på bakerste rad. Han klør seg diskret på føflekken på kjeven og sukker. Her har han stått mange ganger før og sunget de samme salmene, uten den fjerneste anelse om hva de rare ordene betyr. Men må man, så må man. Han lider i alle fall ikke alene.

To rader med unge gutter, fjorten i antall, står skulder mot skulder på gamle, utslitte trebenker. De ser ut som en liten horde anstendige pingviner, med sine svarte bukser og hvite skjorter. Små pingviner med tente stearinlys i hendene. Presten, en høy mann med to markante strek over nesen, diskuterer med pianisten. Hans ene øre lytter til pianisten, det andre etter bråk og fanteri. Klangen i den lille, lyse kirka avslører hvert eneste hvisk og tisk, så guttene har lært seg til å stå pent og pyntelig på sin plass, uten en lyd. En ting er å få kjeft fra mor og far, en annen ting er fra presten. Da får man dobbelt opp, først fra presten, så fra mor og far fordi også de har blitt kjeftet på av den samme mannen. Den lille gutten har ikke det problemet med mor og far, av den enkle grunn at de er døde, men han er likevel den av guttene som gjør minst utav seg. Han har dessuten nok med å stirre på Ane, den klart nydeligste fjerdeklassingen i hele verden. Hun sitter sammen med tre andre jenter på rekke åtte og karaktersetter de kjekkeste guttene, definert etter alle åpenbare, visuelle faktorer. Varmen fyller den lille kroppen bare ved tanken på å møte de smaragdgrønne øynene hennes, samtidig som han vet at han ville viket blikket med en eneste gang hvis det noen gang skulle skje. Men rett som det er gir hun ham et slengkyss og et blink. Han møter blikket hennes og kjenner at luften trekkes ut fra systemet og lar lungene ligge igjen, sammenkveilet som to tomme pølseskinn. Det brunblonde håret hennes glinser i sollyset fra vinduet. Nydusjet, nyfrisert, nydelig. Hun kroker og beveger fingeren som en åme, som om hun vil at han skal komme dit, med ansiktet formet i statisk trutmunn. Det virker for godt til å være sant. Og det er det.

Prestens tilsynelatende tilfeldige og raspende kremt lar alle guttene vite at det fortsatt hersker disiplin i kirka, selv om neste salmevalg drøyer litt. Ane slenger ham selvfølgelig ingen kyss, men sitter fortsatt og tuller med noen av de andre jentene, kikker bort på guttene og fniser. Den eneste som møter guttens blikk er en annen jente han ennå ikke vet navnet på. Han vet heller ikke om Ane vet hva han heter, eller om hun i det hele tatt bryr seg. Og han visste ikke om han ville fortelle henne det hvis hun spurte. Han var ikke overlegen, tvert om, men problemet var navnet.

Han hadde hatet dette navnet helt siden han skjønte hva han het. Edvard. Bare foreldre med et påtrengende ønske om å plage sin egen sønn ville kalle ungen sin for noe sånt. Han var visst oppkalt etter bestefar, men det gjorde ikke saken noe bedre. Det var ikke noe stas å hete det samme som noen andre, og spesielt ikke Edvard. Det hørtes bare teit ut. Som en fisker med langt skjegg eller noe. Til og med bestemor, som vanligvis var lett å tvinne, nektet å skifte navnet hans, selv ikke engang etter at mamma og pappa tok kvelden. Sten Rune kunne han tenke seg å hete. En barsk kompis av broren til en i klassen het Sten Rune, noe han syntes var et rimelig tøft navn. Etter tre kvelder med masing hadde bestemor gått med på å kalle ham for Sten Rune i en liten uke. Det var den beste uka så langt i livet, men lykken ble kortvarig. Den påfølgende mandagen ble han atter en gang Edvard, og skulle visst være det til evig tid.

Forsøket på å innhente seg i dagdrømmen igjen blir straks avbrutt, da to av guttekorets bakerste bøller bestemmer seg for å dryppe stearin i håret hans. De to guttene fniser lavt, men det er nok til å tirre prestens høyre trommehinne. Hodet hans lager et hørbart sus i den klamme kirkeluften. Bråkmakerne er dydigheten selv. Edvard inkludert, selv om glovarm stearin renner ned mellom de tynne hårstråene. Presten lar det stikkende blikket gli over forsamlingen både én og to ganger. At en kompis av Gud, som bestemor pleide å kalle presten, skulle ligne såpass mye på bildene av djevelen var litt merkelig, men det hadde sikkert en grunn. En traktor høres fra et jorde utenfor. En måke diskuterer høylytt med en kråke. Vinden gjør seg til kjenne i de store bjørketrærne ute på tunet. Så snur presten seg tilbake mot pianisten, med sitt høyre øre vendt i full beredskap mot guttene. Edvard synes han ligner litt på en katt, en slags kattedjevel, både tynn og spiss. Akkurat som naboens siameser, i angrepsstilling under hekken. En vanlig katt kunne være søt nå og da, men det var tvilsomt at dette gjaldt for presten. Guds kompis hadde en kone, det visste han jo, men hun var sikkert bare redd for å bevege seg og kunne derfor ikke stikke av. Han drister seg til å klø seg i hodet for å få bort den nå kalde, men fortsatt klissete stearinen.

Morten, en smålubben gutt med krøllete, rødbrunt hår, fører lyset sitt mot Edvards øre. Stearinen tegner et lilla strek over den hvite skjorten før flammen når øreflippen. Enten Edvard vil det eller ikke, så bestemmer hans venstre albue seg for å rykke bak mot Mortens runde nese. Et lavt knekk med påfølgende mye blod. Det er først når man ser blodet det begynner å gjøre vondt. Smerten får Morten til å tenne på samtlige plugger. Før Edvard engang får registrert sin egen albues ugang, så ligger han under Morten i et noe urettferdig basketak på gulvet. Til tross for alderen har presten bykset til på åstedet før Morten får servert sitt første slag. Etter bare øreflippen drar han den frådende rødtoppen av den langt mindre Edvard. Som et illsint og noe overvektig lemen kjemper han mot prestens strategiske grep. Fråden ut av Mortens munn og nese dekorerer halve første rad med sporadiske blodflekker, hvorpå de minste korguttene bryter ut i hyl og gråt.

Å synge i kor er kjedelig. Men det syntes ikke mamma og pappa, spesielt ikke pappa. Det var han som hadde meldt ham på kortimene, ikke bare fordi nesten alle guttene i byen på hans alder var der, men også fordi pappa hadde en sterk kjærlighet for opera. Hver advent torturerte han både familie og platespiller ved å dure i gang Jussi Björlings "O Helga natt" for fulle mugger, flere ganger i timen, og prøvde så godt han kunne å følge tonene. Det pleide å holde et stykke, men sånn rundt midtveis uti sangen latet han alltid som om det var noe han måtte gjøre og dermed ikke kunne fortsette å synge, vanligvis hente mer ved fra boden. Derfor ble det alltid varmere og varmere i huset desto nærmere jula kom. Selv hadde ikke pappa stemme for høye noter, noe han håpet at Edvard skulle få med tiden. Men det skulle han aldri få oppleve. En ting var at Edvard ikke hadde de nødvendige forutsetningene for å kunne utvikle en slik stemme, en annen ting var at pappa var død. Både han og mamma. Men bestemor, som hadde overtatt ansvaret for den lille gutten, hadde visst syntes det var viktig å holde ham i koret etter deres bortgang, nesten som om det var sønnens siste ønske. Og Edvard var lydig nok til å dra på øving, selv om han tidlig bestemte seg for kun å mime tekstene, aldri faktisk synge. Han frydet seg ofte over sin lille, stille demonstrasjon, men skulle helst ha vært foruten hele korstyret.

Han syntes det var langt mer givende å løpe rundt i skogen og pirke på døde dyr med en lang kvist. Det var noe veldig spennende med døde ting. Det meste som pustet krevde vanligvis at han måtte prate eller gjøre noe. Disse døde museskrottene krevde verken at han skulle rydde, lese lekser eller henge etter armene i to ringer fra taket. Ikke det at alle levende ting helst skulle unngås, for eksempel bestemor, og Ane da, men det fulgte vanligvis med en forventning i de fleste situasjoner. At han måtte oppføre seg i andres nærvær, at han måtte være en annen enn den han egentlig var, si og gjøre ting han ikke hadde lyst til. Det kunne bli slitsomt i lengden. Men dyreskrottene brydde seg ikke om hva han sa eller gjorde, de lå bare der, helt stille og fornøyde over å kunne være til lærdom og underholdning. Det var jo all slags ting inni dem, avhengig av hvor lenge de hadde ligget der. Men for å finne ut om innholdet trengte han altså en lang kvist, siden man visstnok kunne bli veldig syk av å rote inni dem med bare hendene. Som bestilt hadde han akkurat funnet en perfekt kvist, rett lengde, rett bøy og solid nok til å stikke hull. Dette skulle visst bli en av de gode dagene. Ikke bare slapp han unna bank i dag, men Morten havnet i tillegg i trøbbel. To måneders kirketjeneste, slettes ikke mer enn fortjent for å ha "brakt helvete til Guds hus", slikt presten skjentes på vei ut døra med Morten i urokkelig hodelås. Makaronigryte til middag var heller ikke å forakte. Det var fredag, en hel helg i vente. På vei til bading. Nei, nå og da var livet slettes ikke verst, selv om man hadde et aldri så teit navn. Han smiler, løpende på vei til neste døde dyreskrott, med en liten, gul håndduk i den andre hånda. Hun ventet sikkert på ham allerede, men tok nok ikke skade av å vente litt til.

En knekkende kvist avbryter neste disseksjon. Han stopper og lytter. Noe nærmer seg fra inni det tette skogholtet. Trærne står tett i tett, så det er umulig å se hva det er. Det kunne være henne, men det hørtes ikke riktig sånn ut. Tyngre på en måte, som noe stort og farlig. Sikkert bjørn! Han kaster seg ned på bakken og spiller død, det har han lært hos bestemor. Da ville ikke bjørnen se på ham som verken trussel eller bytte, og ville antakeligvis bare snuse litt på klærne og gå videre. Han kunne ikke tro at bjørnen ville betrakte ham som noen trussel, men han var uansett ikke så interessert i å være et levende bytte, så det var nok best bare å kaste seg ned på bakken og holde pusten. Han ligger så død han bare kan, mens lyden fortsetter å komme nærmere og nærmere. Øynene klemmes igjen, det skal ikke være noen tvil om at han er død. Han kjenner det pipler ut av pannen. Døde svetter ikke, men det vet sikkert ikke bjørnen. Lyden forsvinner. Villdyret sto sikkert rett over ham nå, med kjeven vidåpen og siklende tenner. Bare sekunder fra å bli bjørnemat. Døde skjelver ikke på leppene. Og det vet nok bjørnen.

– Hvor fort løper du?

Det var noe stort og farlig. Og noe langt verre enn bjørn. Det er stemmen til Morten. Edvard åpner øynene forsiktig, redd for når som helst å få et slag i ansiktet. Morten og kompisen Halvard står noen meter unna, tilsynelatende avslappet med hendene i lommene. De måtte ha fulgt etter ham. Som å begynne å skjelne med sykkelen i stor fart. Man vet man kommer til å tryne før eller siden, og man vet det kommer til å gjøre veldig vondt.

Morten og Halvard innhenter ham allerede før han får krysset bekken. To år har mye å si for løpemusklene. Edvard blir taklet og lagt brutalt ned i bakken, en tilsynelatende unødvendig handling ettersom han kjapt løftes opp igjen etter håret. Han har forlengs gitt opp å kjempe imot, der han dras dypere inn i skogen. To år har også mye å si for slåssemusklene. Tretoppene fortsetter å passere. Tettere og tettere, til det blir umulig å se himmelen mellom greinene. Så langt inni skogen har han aldri vært før.

– To måneders kirketjeneste på grunn av deg. Og prestejævelen lot deg slippe unna på grunn av de døde foreldrene dine. Stakkars Edvard. Tipper du er fornøyd. Men vi får nå se hvor fornøyd du blir i natt.

Morten surrer en lysegrønn fisketråd rundt Edvard og et tre. Selv om den tynne tråden ikke er beregnet på annet enn mindre fangst, så holder den godt etter tjue runder rundt treet. Ikke at det hadde vært nødvendig med mer enn to, tre runder, han kunne knapt regnes som småmort. Edvard ser på Morten som sirkler rundt treet med snellen i hendene. Det surrer stramt. Han kjenner tråden skjære gjennom den tynne skjorten. Så knytes en overkomplisert knute, som til slutt smeltes fast med en lighter, stjålet fra Esso for anledningen.

– Ingen savner foreldreløse drittunger. Ikke engang det gamle monsteret av en bestemor du har. Jeg hører at hun spiser småjenter, er det sant?

Edvard rister hardt på hodet. Selvsagt gjør hun ikke det.

– Jeg lurer på om… Kanskje du drepte foreldrene dine med vilje? Ja, det tror jeg du gjorde. Du drepte dem, du.

Han rister igjen på hodet, denne gangen med vidåpne øyne. Han hadde vel ikke drept mamma og pappa, hvorfor i all verden skulle han...

– En morder, det er det du er. Gjenferdene deres kommer nok og tar hevn i natt. Så du får kose deg.

Morten sjekker at tråden sitter så stramt som mulig før han og Halvard setter kursen tilbake. Edvard har allerede begynt å hyle etter hjelp, vel vitende om at han ikke bare blir tullet med. Morten smiler til de fortvilte, tårevåte øynene.

– Og ja, du må bare rope, ingen kan høre deg her ute.

4

– Hjeeelp!

Han våkner opp til et fjernt skrik fra den tykke granskogen, som omringer rasteplassen på begge sider av veien. Det har blitt morgen, men gårsdagens fuktighet og påkjenning henger igjen i både dress og kropp. Skyende ligger som et grått, sammenhengende teppe over rasteplassen. Ikke et vindpust mot ansiktet. Han stabler seg på beina og tar seg til et lite, blødende sår i pannen. Både blikk og ører retter seg mot skogen. Det hørtes ut som en liten gutt som ropte. Måtte ha vært i drømme. Han ser seg rundt. Den beskjedne rasteplassen er sparsomt innredet med et bord og to tilhørende benker, en metallisk søppelkasse og en lyktestolpe. Han drar kjensel på stedet med det samme. Ikke til å ta feil av, det var her det skjedde. Det virket større den gang.

Så husker han jenta i veien. Han lener seg rundt likvogna. Jenta ligger der fortsatt, like urørlig som i går. Med forsiktige skritt går han nærmere, fortsatt med hånden mot såret i pannen. Hun må være i tjueårene, rundt midt i et sted. Det mørkeblonde, halvlange håret ligger dandert utover asfalten, nesten tilgjort. En grønn, falmet sommerkjole kleber seg fast til den hvite, fuktige kroppen. Han sjekker pulsen hennes, selv om skuet ikke er til å ta feil av. Og som han allerede visste; så død som overhodet mulig. Men relativt nylig ser det ut til, da kroppen fortsatt er i brukbar stand. Noe forunderlig, siden den siste uken hadde bydd på klamme sensommerdager, som igjen ville gjort sitt for å bryte henne ned. På den annen side, hun kunne vel umulig ha ligget her så lenge. Andre biler måtte vel i så fall ha sett henne og stoppet. Hvis det ikke var noe kriminelt i bildet da, at hun nettopp hadde blitt dumpet her. Mest sannsynlig. Det var jo ikke så mange måter de døde kunne flytte seg på. Han børster håret hennes forsiktig til side. En småby huset ikke mange menneskene, mulig han kunne dra kjensel på henne. Ansiktet hennes, de klare trekkene. Joda, det er noe kjent med henne. Som om hun... Nei, det kunne ikke være, det var altfor lenge siden.

Edvard løfter henne ut av veien og inn på rasteplassen. Det kunne tross alt komme flere biler og lide den samme skjebne som han. Hun blir lagt varsomt ned ved benken. Et dødt menneske var som alle andre kopper kaffe, men å finne en kropp midt i veien sånn plutselig, det var litt uvant. Han blir stående å se på jenta. Det var ikke profesjonelt ukorrekt å konstatere at hun var attraktiv. I sin tid, vel å merke. Et proporsjonert ansikt, en velholdt kropp. Det kunne muligens være snakk om en sedelighetsforbrytelse. At en voldtektsmann hadde bortført henne, gjort sitt fornødende og dumpet kroppen. Livløs, ute av stand til å fortelle om hendelsen. Ikke akkurat vanlig i disse traktene, men han hadde hørt om mange lignende tilfeller. At hun tilsynelatende ikke hadde noe på seg under kjolen støttet teorien. Men hvorfor noen skulle kle på henne klærne igjen, bare for å dumpe liket, det var litt rart. Hvis det var for å hindre mistanke hadde noen gjort en dårlig jobb. Da hadde de kommet langt bedre ut av det ved å grave henne ned i skogen. Eller lagt henne i en kald kjeller og strødd litt kalk over, hvis det da var vinter. Kaste henne på sjøen, privatkremering, kraftfôr. Mulighetene var mange, hvor dumping midt i veien sto ut som den desidert dårligste. Nei, det hele var merkelig. Og ja, hun lignet veldig, noe som ikke hjalp på mysteriet. Hadde han ikke visst bedre ville han trodd det var henne.

Veien strekker seg i en lang kurve forbi rasteplassen og forsvinner ut mellom grantrærne på hver sin side. Den grå og hullete asfalten har tydeligvis ikke vært førsteprioritet i budsjettet for vedlikehold på mange år, om heller aldri. Forståelig nok, da den kun brukes av hytteeiere rundt sjøen, ytterligere halvannen times kjøring etter veien. Han pleide å irritere seg over at veien ikke ble brøytet mer enn et par ganger per vinter, spesielt med tanke på at sjøen og hytta lå værhardt til et stykke oppi høylandet. Men i dag, selv med snøfri veier, er det ingen biler i sikte. Et kort og kontant sukk. Det ville ta ham flerfoldige timer og krefter å gå strekken til hytta, men det måtte da komme noen før eller siden. Han går tilbake mot vogna, setter nøklene i tenningen og vrir om. Responsen uteblir. Det var vel lite trolig at det skulle fungere, men rattet får likevel møte en frustrert håndbake. Edvard hadde aldri vært noen voldelig person, verken som liten eller som voksen, langt ifra, men han pleide å slå ting som ikke fungerte. Halvveis ut av desperasjon, halvveis for å straffe tingen. Enn hvor nytteløst det var.

Ikke annet å gjøre enn å vente. Han tar opp en sigarett og plasserer den inn i munnviken. Han fyrer på Zippo-lighteren og lar flammen brenne i løse luften, avventende. Blikket går i begge retninger, ingen å se. Ikke så mye som et ekorn. Noe pleide alltid å skje akkurat når han tente seg en sigarett, det slo aldri feil. Unntatt nå, tydeligvis. Spetakkelet fra ei skjur hadde vært bedre enn absolutt ingenting. Han fører flammen mot sigaretten.

– Hjeeelp!

Ilden slikker undersiden av sigarettpapiret. Ei dokke kunne ikke stått stillere. Han tar den utente sigaretten ut fra munnviken og ser inn i den tette skogen. Trærne står tett i tett, urørlige og hemmelighetsfulle. Han lukker lighteren, så stille som mulig. Klikket fra lokket bråker infernalsk.

– Hjeeelp!

Fjernt, men godt hørbart. Øynene flakker fra stamme til stamme, uten å få øye på annet enn bark og granbar. Atter en gang stumt, som om det ikke eksisterer det fjerneste ekko. Aldri har han hørt noe så stille, ikke en gang i kirka. Alltid en eller annen lyd, kjøleanlegg, knirk fra gammelt treverk, en eller annen motor i det fjerne. Her er det flerfoldige ganger tausere enn under stilleleken, da frøken lot knappnålshodet falle ned på kateteret. Frøkens innrøkte lunger, jenter som ikke klarte å holde fnisene inne, sko som gnisset mot linoleumsgulvet. Alltid en lyd bak stillheten. Men ikke her. Han hadde hørt knappnålshodet om det så hadde falt i horisonten.

Han begynner å småhumre for seg selv. Selvfølgelig er det ingen som står og skriker i skogen, milevis fra nærmeste hus. Det kunne i beste fall vært en jeger med brukket fot eller noe, men nei, ikke en liten gutt. Ingen ville vel latt en liten gutt være helt alene langt inne i skogen. Det framtvungne smilet forsvinner, i førstehånds viten om at han tar grundig feil. Men det var en svunnen tid og ondskap. Nei, han måtte ha fått seg en liten kakk i sammenstøtet med trærne. Halvhjertet humring igjen, som alltid i ubekvemme situasjoner. Han venter på gjespet, som vanligvis følger opp tett etter.

– "Hjeeelp!"

Han mumler og smiler skjevt, klemmer sigaretten mellom leppene og fyrer på. Han tar et kjapt og statisk trekk, etterfulgt av et overdrevet innpust. Nei, nå er det bare å skjerpe seg, så kommer det nok noen. Det kommer alltids noen. Og uti skogen er det bare trær. Trær, mose og noen kongler. Ingen gutt. Han hadde alltid hatt livlig fantasi, det var han fullt klar over, men det stopper ikke nakkehårene fra å sette seg i sving.

Gåsehuden tar spenntak i nakken, presser seg ned langs ryggsøylen og stryker kaldt nedover baksiden av lårene. Noen ser på ham. Følelsen er ikke til å ta feil av. Han drister seg til å snu hodet, nesten umerkelig. Overkroppen følger på, sakte og lydløst. Ingen å se.

– Hallo?

Hadde det vært noen der hadde de ikke hørt ham, da han selv knapt enser sin egen stemme. Det er noe som beveger seg inni skogen et sted. Han ser ingenting, men han vet at det er noe der inne. Det kunne være bjørn, selv om de ikke hadde vært observert her siden sekstitallet. Det var kanskje best å være føre var, de kunne vandre langt disse dyrene. Han setter seg først lydløst ned på huk, så nedi asfalten med rumpa. Ryggen følger etter, og så til slutt beina. Så ligger han der, stiv som en svart stokk med øynene lukket. Fortsatt med sigaretten i munnen. Døde røyker ikke. Men det vet ikke bjørnen. Han lytter etter snøft og grynt. Ingenting. Bare gløden høres, der den fisler seg sakte men sikkert nedover det tynne, hvite papiret. Stillere enn i graven. Og det burde han vite. Øynene åpnes igjen, sakte. Hodet løftes forsiktig opp fra den kalde asfalten. Jenta ligger fortsatt ved benken, tilsynelatende like død som tidligere. Ingen andre å se.

Brått høres skurrete toner fra en gammel jazzlåt. Det kommer fra likvogna.

V

En liten, rødbrun radio, stående på et lite trebord ved vannkanten, lirer av seg en rolig jazzlåt. Det er den type sommermorgen hvor den tynne disen foran solen gjør luften klar og frisk, samtidig som man kan stå barføttes uti vannet allerede før Nitimen runder av.

Edvard, hans kone Beathe og deres datter Sarah tilbringer de siste feriedagene ved familiens hytte. Strandlinjen nedenfor sørveggen, dekket av små og mellomstore steiner i varierte gråtoner, strekker seg et godt stykke rundt det klare vannet. Flere hytter ligger rundt samme vann, landlig separert ved trær og kratt. De ligger i akkurat passe avstand til at både ro og privatliv kan nytes på sin egen lille strandflekk, selv om nærmeste nabo skulle ha med seg en livsglad hund eller to. Edvard, stående opp til knærne i kjølig sjøvann, har allerede rukket å pryde fjærsteinene med en skinnende, blank lyr. I akkurat passe størrelse til å kunne hales i land uten større anstrengelse. Han kaster agnet uti igjen. Snøret går ikke langt, men heller ikke for kort. Sånn helt greit langt uti, hvor hverken de store eller de små fiskene holder til. Stangen er på sin side heller ikke beregnet for de store ruggene, og han hadde uansett ikke orket å dra inn noe stort hvis sjansen bydde seg. Spesielt ikke med en nyåpnet, sjøvannsavkjølt Frydenlund mellom fingrene. Beathe sitter ved et lite trebord og løser en eller annen ordlek i et ukeblad. Hun har allerede gnagd i stykker halve blyanten, og har en tykk, grå stripe gående nesten symmetrisk over begge leppene. Edvard har aldri vært særlig begeistret overfor Beathes tannkløe. Ikke nødvendigvis det at hun stadig må tygge på ett eller annet, men det følger alltid en eller annen lyd med det som blir fortært. Slafsing, knekking, slurping. Verst var det med drops, spesielt de med fyll inni. De kunne både knaskes, slurpes og smattes på, og Beathe behersker samtlige teknikker. Men i dag legger han ikke merke til lydene. Fiske, jazz og varme, overdådig toppet med en Frydenfrokost i hånda, sender all verdens bekymringer ut med bølgene. Bomber kunne bare regne, epidemier måtte bare herje, Beathe skulle bare knaske i vei. Kullsyren svir godt nedover halsen. Det var ingen vane å drikke øl fra morgen til kveld, men det var tross alt sommerferie, og da kunne ingen klage på tolvtimers konsum, ikke engang Beathe. Hun har dessuten stengt hele verden ute til fordel for syv loddrette.

– "Åtsel". Syv bokstaver.

Et mumlende, halvretorisk spørsmål, uten egentlig å bry seg om svaret. Han lar være å si svaret, selv om han vet løsningen aldri så godt. Desto lengre tid hun bruker på kryssordet, desto lengre kan han stå uforstyrret her ute i vannet.

Sarah løper opp og ned stranda, som en travel, liten kenguru. En kenguru med en eske fyrstikker mellom fingrene og en skilpaddesekk på ryggen. Den grønne sekken har vært hennes faste følgesvenn siden hun begynte i barnehagen. Hun valgte den ut til fordel for bamsesekker i alle farger, da skilpaddemagen kjentes klart mykest mot kinnet. Fikk ikke

Paddelars være med, som hun så fint hadde døpt sekken, så ble ikke hun med heller.

Sarah er på jakt etter det største og ekleste dyret på stranda. Og når hun finner det, så skal hun brenne det opp! Edvard hadde trumfet igjennom at når Sarah var under oppsyn, og såpass nært vannkanten, så skulle hun få lov til å leke med fyrstikker. Det var tross alt det morsomste hun visste, og da måtte hun nesten få lov til det. Man skal ikke stå i veien for barnas interesser. Det kunne godt hende hun ville bli branndame når hun blir stor, og da skulle ikke foreldrene stå i veien for karrierevalget. Beathe humret først hånlig til poenget hans, men måtte kvele den påtrengende latteren da venneparet rundt det smålystige kveldsbordet på altanen sa seg enige med Edvards argumentasjon. De hadde tross alt ikke overflod i vennepar, og Beathe ville ikke dumme seg ut ved å fyre seg opp under temaet, så hun hadde latt det gå. Men rundt tre kvarter senere hadde hun plutselig fått vondt i hodet og måtte hinte gjestene hjem ved konstant gniing mot tinningen. Resultatet av diskusjonen ble like fullt stående.

Den stakkars, svarte edderkoppen skjønner ingenting idet bena plutselig gnistrer vekk under den. Edderkoppbein gnistrer faktisk under ilden fra en fyrstikk, det vet Sarah. Og de lager den samme lyden som når pappa slipper et egg ned i stekepannen.

– Sier du det?

Edvard myser utover fjorden. Ikke det at han er uinteressert i datterens viktige oppdagelser, men akkurat nå spilles favoritten hans på radioen. Det progressive, hundre prosent improviserte mesterverket. Jazzlåten hvor saxen kommer uventet og nesten ulovlig provoserende inn midt i andre parti. Den låten han aldri husker navnet på. Det kunne vel være at det ikke var favorittlåten hans, han visste egentlig ikke om han hadde noe favoritt i det store og hele, men denne bestemte låten virket veldig rett akkurat nå. Flyktig, men samt rolig og behagelig. Og i kombinasjon med brunvann og fisk, så var dette som nirvana å regne. Buddhist er han ikke, men det han føler akkurat nå, i sin lille frihetsboble, passer godt til definisjonen av et slikt sted. Men alle bobler er ment å sprekke før eller siden. Beathe har begynt å skru på tuneren for å finne morsommere musikk, underforstått musikk som setter henne i godt humør. Og da er ikke jazz tingen. Pop, derimot. Kvesingen fra en kvinnelig artist, som definerer sitt kunstneriske uttrykk ved å onanere hvert eneste ord, drukner alt av gode vibrasjoner. Hun blir heldigvis avbrutt av Beathes mobiltelefon.

– Jeg!

Sarah forlater et halv maltraktert tusenbein og løper mot trebordet og mobiltelefonen. Beathe sjekker nummeret og skrur ned lyden på radioen.

– Jeg må ta denne, Sarah, du kan få ta neste.

Det skulle hun ha. Beathe var flink med telefonen. Og bra var det, for han hadde aldri klart å venne seg på disse mobiltelefonene. Ikke bare var de vanskelige å forstå seg på, men han opplevde også å bli stresset og småaggressiv hver eneste gang han prøvde. Den selvmotsigende tanken om hvorfor folk ikke bare kunne passe sine egne saker og la ham gjøre jobben sin. Men uten telefon ble det selvsagt lite med jobb. Derfor var det slettes ikke han imot at Beathe hadde tatt seg friheten med å svare på alle henvendelsene, sikkert fordi hun hadde merket hvor tilbakestående han framsto de få gangene han var nødt til å prate i røret.

Sarah snur seg og går slukøret tilbake. Den blanke lyren, gapende på steinene bak pappa, fanger oppmerksomheten. Hun setter seg ned på huk ved siden av fisken.

- Hallo, fisken!

Hun dytter på den med en liten pinne.

- Hallo?

Sarah venter utålmodig på responsen. Edvard snur seg og ser på dattera si.

- Fisken er død, Sarah.
- Død? Hvorfor det?
- Fisker kan dessverre ikke leve på land.
- Joho..!

Sarah hadde kommet i den alderen hvor alt skulle sjekkes ned til minste detalj, og pappa hadde alltid tatt seg tid til å besvare og forklare alle små og store spørsmål. Hun skulle få vite alt han visste, enn hvor mye eller lite det skulle vise seg å være. Man kunne ikke bli godt nok skodd for verden slik den hadde blitt, med forventningene stående i kø så tidlig som i fødestua. Allerede da krever verden at tårene skal trille. Han skulle støtte henne i alt hun ville, alt hun mente, alt hun gjorde. Frie tøyler. Så lenge hun ikke begynte med stoff, da skulle han kaste henne ut og bytte lås. Han skulle i alle fall forsøke å gi et klart uttrykk for at det ikke var akseptabelt. Om han kom til å bytte lås hvis det skulle skje kunne han ikke garantere, men så kom jo heller aldri Sarah til å begynne med noe sånt, så han slapp nok å ta stilling til det uansett. Men enn hvor mye han skulle fortelle henne, så var det ikke til å stikke under en stol at han gruet seg til han måtte forklare faktum som hadde med blomster og bier å gjøre. Han hadde forresten bestemt seg for å unngå blomster og bier som eksempel, det virket nesten flauere enn å gå rett på sak.

Han hadde ikke funnet et passende eksempel ennå, men han kjente på seg at spørsmålet hang i lufta. Unger fikk jo sett både rumper og tisselurer på TV for tiden, og hardere kost var alltid bare noen museklikk unna på nettet, det visste han godt. Han hadde ikke for vane å surfe etter slike ting, men selv når han skulle gjøre noe så enkelt som å sjekke snødybden dukket de opp. Kroppsåpningene, i all slags fasonger, posisjoner og kontekster, over hele skjermen. Slike ting var altså mer enn tilgjengelig for hvem som helst over dette internettet, så at spørsmålet ennå ikke hadde kommet var noe rart, men det kunne jo være hun hadde pratet med Beathe om det. Nå var det imidlertid et annet stort spørsmål som sto for dør, et spørsmål langt lettere besvart.

– Den kan ikke puste på land, skjønner du. Akkurat som du ikke kan puste under vann.

Edvard vurderer et lite øyeblikk å forklare Sarah alt det med CO_2 og O_2, men han lar det være i og med at hun bare er seks år og sikkert ikke skjønner noen ting uansett. Og så er han ikke hundre prosent sikker på hvordan det henger sammen selv. Han hadde gått ut fra videregående med et snitt som verken var til å juble eller skjemmes over, men den dag i dag hadde han antakeligvis ikke engang kommet inn på den samme skolen. X og Y, endemorener og tyske gloser. Alt glemt. Han hadde ikke hatt og ville ikke få bruk for noe av dette i senere tid heller, annet enn til å hjelpe Sarah med pluss, minus og noen enkle engelske substantiv når den tid kom. Det skulle bli langt verre å være til leksehjelp når hun begynte på ungdomsskolen, for ikke å snakke om videregående, men det var heldigvis mange år til å grue seg på.

– Hva gjør fisken på land, da?

Sarah gir seg ikke. Dette skal hun finne ut av.

- Jeg fanget den.

- Hvorfor det?

Han prøver å skjule et lurt smil.

- Vi skal spise den til middag. Flaks for deg, du som er så glad i fisk.

Sarah sukker tungt. Dette burde pappa vite.

- Pappa, jeg liker ikke fisk.

- Gjør du ikke? Nei vel, det var synd. Da får vi bare la noen andre spise den. Kjenner du noen som liker fisk?

Sarah tenker hardt. Edvard hjelper henne litt på vei.

- En liten røyteball, kanskje?

Sarahs ansikt lyser opp

- Boms!?

- Boms, ja.

Edvard hadde stusset på navnet Sarah absolutt skulle gi den lille kattungen. Det kunne fortone seg noe småpinlig da den skulle registreres hos dyrlegen, at de hadde kalt en shabby og siklende katt for uteligger. Boms fikk tidlig påvist en mild hjerneskade, som visstnok ikke hadde noe å si for livskvaliteten. At hårballen gikk rundt og malte dagen lang støttet videre oppunder dyrlegens konklusjon. Men den lille defekten gjorde at Boms overså instinktet vedrørende pelsvask, derav shabby og noe flokete, spesielt i de travleste ukene hvor katteshamponering ikke sto øverst på gjøremålslista. Selv med begrunnede skavanker var det i overkant flaut å skulle underbygge det hele med navnet Boms, så katten gikk i all hemmelighet under Rufse i dyrlegens database.

– Husker du Morten? Morten Klaussen?

Beathes stemme skjærer gjennom den svale morgenlufta. Hun er ferdig i telefonen.

– Han som bandt meg fast til et tre i skogen og håpet på at jeg skulle dø? Jo, så vidt.

– Han er visst død. Skutt.

Edvard snur seg og smiler oppriktig til Beathe.

– Tuller du?

– Ble drept i Ålborg i går, skal til obduksjon i kveld. Uansett, familien vil at han skal begraves her hjemme.

– Neeei...

– Kom igjen, han er bare en gjest som alle andre.

– Hvordan døde han? Skutt av politiet under væpnet ran?

– Ikke så langt unna, faktisk. Noe med en fest som sklei ut. Var visst en annen som døde også, en danske. Tre andre skadet. På de danske nyhetene i går.

Edvard humrer hjertelig.

– "Drept av fyllekule". Det kan det stå på steinen hans.

Han hadde aldri vært den som serverte de saftigste vitsene, slettes ikke den fødte toastmaster, det var han fullt klar over, men hun kunne i det minste by på et sympatismil. Før han rekker å føle seg videre dum av mangel på reaksjon bøyer stangen seg. En liten mort av en sei blir dratt inn på steinene. Han bøyer seg ned og drar ut kroken. Fisken spreller i hendene hans. Sarah styrter ivrig til.

- Den kan ikke puste! Dør den nå?

Sarah har nesten vanskelig for å trekke pusten i iveren.

- Den gjør nok det.

- Når? Nå?

Edvard ser på Sarah, stirrende ned på den lidende fisken. Han merker at entusiasmen gradvis går over i en blanding av nysgjerrighet og empati. Et uvurderlig ansiktsuttrykk. Et uttrykk som ikke prøver å skjule noe som helst, men som lar følelsene få fritt spillerom til å trekke i samtlige av ansiktets muskler. Et uttrykk som med årene lærer seg å bli mer forsiktig, mer innbitt og mindre ærlig, til det en dag klarer å lure alle rundt seg, og kanskje til og med seg selv. Livets realiteter sto allerede i kø for å presentere seg, og hun kunne like gjerne møte en av dem nå som senere. I form av en døende fisk. Men at fisken skulle ligge og pines for å underbygge realiteten var strengt tatt unødvendig.

- Se, en struts!

Edvard peker på noe bak Sarah. Hun snur seg ivrig og ser etter strutsen, og gir han muligheten til å denge fiskens hode mot en stump stein. Han får den opp og tilbake i hendene før Sarah har snudd seg tilbake.

- Hvor?

29

Sarah er svært oppgiret. Nå skjedde det jammen mye på en gang.

– Åh. Du ble akkurat for sen. Den fløy vekk.

– Strutser kan ikke fly.

Edvard overser den mumlende, men like fullt hoverende kommentaren fra Beathe. Sarah har allerede glemt hele strutsen, og ser igjen ned på den livløse fisken i farens hender. Noen bloddråper drypper ned på steinene under pappas hender.

– Den blør.

– Ja, den gjør visst det.

– Har den vondt?

– Nei, fisken har ikke vondt i det hele tatt.

– Joho.

– Nei, den har ikke det. Og vet du hvorfor?

Han ser det jobbes intenst bak de stirrende øynene. De små fingrene som rastløst klør på den andre hånda, uten at det egentlig klør.

– Den er... Kanskje den er død nå, pappa?

– Jeg tror kanskje det.

Edvard kan ikke unngå å se at Sarahs øyne har blitt runde og blanke. Det gikk et klart skille mellom edderkopper og fisk. Edderkopper var fæle og ekle, så de kunne bare dø, lemlestet og oppbrent, men fisken var slettes ikke fæl eller ekkel. Den hadde store, fine øyne. Den var grå og blank, og hun kunne både se og kjenne at den pustet for bare bittelitt siden. Nå ligger den helt i ro.

– Hei, du, skal vi ta et bilde av oss og fiskene? Så kan Boms henge det opp på kurven sin når vi kommer hjem?

Hun er på beina før han rekker å fullføre setningen.

– Paddelars, vi skal ta bilde!

Sarah løper for å hente skilpaddesekken, for øyeblikket sittende oppstøtt mot en stein med utsikt over vannet. Hadde bare voksne klart å skyve bort og glemme ukoselige tanker like effektivt som barn, så hadde det verken eksistert krig eller psykologer. Beathe hadde ikke respondert på dette hverdagsfilosofiske poenget, noe som måtte bety at han var inne på noe. Eller så hadde hun bare ikke giddet bry seg med en såpass simpel konklusjon.

Selvutløseren stilles inn og familien samles ved trebordet. Sarah smiler så bredt hun kan og holder stolt opp de to fiskene, til lyden av intensiverende piping fra utløseren.

6

Han kryper inn i vogna og skrur av musikken. Kassettspilleren, som riktignok var original og derfor ikke utskiftbar, var gammel og kranglete, men hadde aldri før begynt å spille av seg selv. Måtte være på grunn av krasjet, da det ikke var andre her foruten ham selv og den døde jenta. Og kanskje en bjørn. Men ingen av dem kunne vel starte kassetten, eller ha noen grunn til å gjøre det hvis de kunne. Han vrenger og stopper musikken ved å trykke ut kassetten. De ellers behagelige tonene jobbet mot sin hensikt akkurat nå.

Lange og dype åndedrag, både med og uten nikotin. Uvanlig lite trafikk her i dag. Flerfoldige ganger hadde han forbannet det å måtte rygge for store trailere langs denne veien, da han absolutt måtte møte dem i de aller smaleste svingene. Han hadde ingen forklaring på hvorfor han var så amper i trafikken, da han slettes ikke ville definere seg selv som en aggressiv person generelt sett. Det virket bare som en selvfølge at folk burde holdt seg hjemme og kokt kaffe når han var ute på veien, og ikke bruke av hans tid ved å kjøre for sakte, komme møtende når han skulle svinge av eller tvinge ham til å rygge. Han hadde aldri vært flink til det, å navigere bakover med motsatt svingstyring. Det virket som om det skjedde hver eneste gang han var ute og kjørte, at alle var ute i ens ærend for å være i veien. Men ironisk nok, ikke i dag. Når han for en gangs skyld hadde hatt bruk for andre biler. Det hadde i alle fall vært fint hvis det kom noen før mørket falt på. Ikke at han var spesielt redd for mørket, men hvis mørket kom og det fortsatt ikke hadde dukket opp noen, så ville det antakeligvis ikke komme noen før morgenen etter, noe som betydde enda flere timers venting. For så vidt, hvis han skulle være helt ærlig med seg selv, så var han vel litt redd for mørket også. Rettere sagt mer ubehaget enn redd, men det gikk muligens ut på det samme.

– Hjeeeelp! Hjeeelp!

Der var det igjen. Nei, dette blir for dumt. Han fnyser og prøver å ignorere skrikene. Kun innbilning. Han setter sigaretten i munnvika, humrer litt og prøver å holde seg for ørene. Til ingen nytte. All fornuft burde tilsi at han skal løpe ut i skogen og se om det er noen som trenger hjelp. Det høres i alle fall sånn ut. Og det kunne ikke være en jeger eller turgåer, stemmen hørte helt klart til en liten gutt. Ikke hvilken som helst gutt, heller. Han kjenner disse hylene, han har hørt dem før. Men det kan ikke være mulig. Svelget blir tyngre. Ubehaget venter visst ikke på mørket.

– Hjeeeelp!

Hylene avtar ikke denne gangen, men blir bare høyere og langt mer desperate. Som om gutten er i voldsom smerte der inne et sted. Føttene begynner å bevege seg. Ikke mot skogen, men langs veien. Gange tar til sprang, og snart løper han bortover veien, vekk fra rasteplassen og vekk fra hylene. Den første og beste løsningen på problemet. Rasjonell tankegang finnes ikke, instinktet er iverksatt. Sarah fyrer på edderkopper, bestemor forbannet de mørkhudede. Edvard løper fra rasteplassen. Det finnes alltid en motreaksjon på det man ikke forstår, og den styres ikke av sunn fornuft. Han vet det er redselen som er i forsetet, men det hindrer ham ikke fra å løpe som om han skulle ha den velkjente flokken med løver etter seg. Og da løper man fort. Edvard puster ikke lenger. Han piper. Årevis med røyking har ikke gjort underverker for kondisjonen, og han har ikke akkurat funnet tid til å trene når folk driver og dør hele tiden. Trærne passerer til både høyre og venstre, men han er ikke i stand til å registrere hvor langt eller lenge han har løpt. Bare at han løper. Og løper.

Fullstendig punktert nærmer han seg noe som ligner nok en rasteplass, og det ser heldigvis ut som om noen står parkert der. Sånn flaks. Han blir stående med hendene på knærne og gynge et øyeblikk, før han i det hele tatt klarer å se tydelig igjen. Og det er da nakkehårene nok en gang gjør seg til kjenne. Det er den samme rasteplassen. Det er hans vogn. Det er det samme liket.

Han blir stående å se inn på det samme stedet han nettopp forlot. Det kan ikke være den samme rasteplassen, det er ikke mulig. Han har hørt om kvinner som løfter biler i panikk, om folk som av ren frykt eller desperasjon blir fylt med voldsomme krefter. Nå var det ham. Beina, som for noen sekunder siden hadde svettet melkesyre, begynner å løpe tilbake igjen, samme veien som han kom, uten noen form for rådslagning med resten av kroppen. Trærne fortoner seg som abstrakte, grønne strek, separert av et gult i midten.

Han vet ikke om det overrasker eller ei, men den samme rasteplassen ser ut til å nærme seg atter en gang. Joda, der står den samme vogna. Der ligger det samme liket. Nok en gang står han her og gynger.

Nå er det tomt. Kroppen kollapser midt i veien, med hodet følgende tett etter. Det begynner å bli en vane dette, å ligge slik på asfalten.

VII

Han står parkert utenfor en liten blomsterbutikk, med blikket rettet mot fasaden. Et tilsynelatende hjemmesnekret skilt henger over døra. Det tyder "TulipAne". Butikken ligger i et rolig strøk, med Rema 1000 og en nystartet sportsbutikk som nærmeste naboer. Ane bød på boller, alkoholfri champagne og gratis solsikkefrø den dagen dagligvarekjeden åpnet dørene sine her. Det betydde selvsagt flere kunder. Og det var sikkert derfor sportsbutikken hadde startet opp like ved året etter, selv om beliggenheten ikke var den mest bysentrale. Det var forresten ikke mer fem-seks år siden man kunne begynne å kalle dette stedet en by, da man endelig passerte den magiske grensen i folketall. Det var uvisst om folketallet hadde holdt seg over grensen de senere år, men bystatusen levde fortsatt i beste velgående. En ivrig kvinneliga hadde blant annet initiert en intens underskriftskampanje for å få H&M-kjeden til å opprette et lite utsalg i sentrum. Han hadde skrevet under, mer av felleskaplige årsaker enn av realistisk engasjement. At konsernledelsen skulle se noen stor profitt i å spikre opp en bule i et lite og mettet marked var nok lite sannsynlig. O'Martins hadde prøvd seg noen år tidligere, men de forsvant allerede før listverket var på plass. Men han lot være å snakke høyt om sine sterke tvil, han ville ikke starte verbal krig med samtlige kvinner i byen. Det var nok å klare å gjennomføre en normal samtale med en av dem. På den annen side, så kunne hun egentlig ikke regnes som en av dem.

Edvard gransker detaljene i skiltet over inngangsdøren. "Tulip" er skrevet med en annen skrifttype enn "Ane", mest sannsynlig kreert i Wordart. Han hadde brukt en lignende type skrift i et seremoniprogram en gang. "Ane" derimot, den skrifttypen kjente han ikke igjen. Meget mulig hun hadde skrevet bokstavene selv. Skulle slettes ikke forundre ham.

– Skal jeg ikke på skolen?

Sarah har nettopp begynt i første klasse, og er ivrig etter å vise venninnene den løse ruvlen på kneet. Skolen begynner ikke før elleve i dag, så hun har allerede hatt nok tid til å være utålmodig på, siden hun vanligvis er uthvilt lenge før klokkeradioen. Hun har nettopp hengt opp familiebildet fra stranda i kjørespeilet. Boms hadde bare begynt å tygge på bildet da hun prøvde å henge det opp på kurven hans, så hun hadde bestemt at pappa skulle ha det i vogna si i stedet, noe han naturligvis ikke kunne takke nei til. Familien henger nå skjevt ned fra speilet, delvis dekket i størknet slev. Sarah har skiftet fokus over på pappas Zippo-lighter, som han pleier å la ligge i vognen. Flammen blafrer fra veiken mellom det metalliske rutenettet, foran store, hypnotiserte øyne.

– Joda, det skal du. Jeg må bare hente noen blomster hos Ane først, til å ha på den hvite kisten som du likte så godt. Bare vent her, så er jeg tilbake om to minutter.

Han tar lighteren fra Sarah og lukker lokket. Den legges ned i kartholderen under girstangen, til et tillaget, men like fullt skuffet, sukk fra den ivrige jenta. Hun pleier å få leke med den så lenge pappa sitter i bilen sammen med henne, og den er jo langt mer fascinerende enn fyrstikker. Ikke bare brant flammen mye lengre og større, men den var sølvfarget og greier, med et eller annet skrevet på langsiden. Hun kunne ikke lese ennå, så hun skjønte ikke hva som sto der, ikke engang etter at pappa hadde prøvd å forklare henne det, men det var moro å stryke neglen over den inngraverte skriften.

– Jeg vil være med.

– Nei, vent i vogna, du.

Sarah ble forsøkt inkludert i så mye som mulig, men blomsterbutikken var ikke noe sted for henne. Han var ikke sikker på om det var et sted for ham heller. Det var som om han gikk inn et sted man ikke burde være. Det var bare en blomsterbutikk, han visste da det, men det var ikke blomstene som var problemet. Følelsen av å miste kontroll over seg selv var ikke noe han søkte. Og det gjorde han alltid når han kom inn der. Ikke på grunn av den tette, fuktige luften, ikke på grunn av noen allergisk reaksjon i forhold til planter og vekster, men på grunn av personen bak disken.

– Da vil jeg låse opp.

Han smiler til Sarah. Rutinen er velkjent for dem begge.

– Sikker på at du klarer å løfte lokket?

– Jaaaa..!

Sarah later som om hun er lei av at pappa spør.

– Få kjenne.

Den lille jenta spenner til i armen og presser ansiktet inn i et uttrykk som ville skremt fanden både på flatmark og i oppoverbakke.

– Oi, såpass, ja.

Sarah smiler fornøyd med det knallrøde ansiktet og slipper ut pusten igjen. Han gir nøklene til dattera.

– Har du med deg førerkortet forresten?

– Nei.

– Har du glemt det hjemme igjen?

Sarah nikker og prøver å holde seg alvorlig.

– Det var synd, da kan du dessverre ikke stikke av med bilen mens jeg er inne.

– Kommer Pelle da?

– Ja, men ikke den snille Pelle. Nei, da kommer den slemme kjefte-Pelle og tar deg med i buret. Og der blir det bare vann og brød til middag. Det vil du vel ikke ha?

– Nei. Jeg vil ha fiskeboller.

– I dag igjen?

– Hjepps.

– Du som ikke liker fisk. Du vet hva fiskeboller er laget av, ikke sant?

– Jaaa, ikke fisk i hvert fall.

Han går sakte, men sikkert over gata og opp de tre, røde trappetrinnene mot døren. Han åpner døra forsiktig, slik at bjellene over karmen ikke skal lage så mye leven som de pleier.

38

Men de bråker noe voldsomt, også denne gangen. Lufta møter han, lukta av... en hel masse blomster. Nesen er sjanseløs til å definere en enkelt blomst i virrvarret av lukter, med mindre han stiller seg nærmere en enkelt. Likevel er det en enslig duft som alltid fanger oppmerksomheten, skilt ut fra alle andre partikler i rommet. Han kan ikke påberope seg en spesielt observant nese, men denne duften har brent seg fast til minnet. Leire og vann, en frisk, rå duft. Litt som våt skog, bare uten skogen. Nei, han hadde aldri klart å definere den helt, men gjenkjennelig like fullt. Den hadde også med seg et hint av en annen markant ingrediens, noe som minnet om...

– Hallo?

Stemmen kommer fra bakrommet. Fløte, i uttalt form.

– Hallo, ja.

Han gjesper.

– To sekund, jeg kommer.

Edvard trår omkring på gulvet og later som han ser seg rundt. Ane kommer gående hastig ut fra bakrommet med to, mørkeblå blomsterpotter i hendene. Han ser så vidt bort på Ane og lirer ifra seg en mandig hilsen.

– Heisann, ja.

En av Anes forretningsstrategier når det gjelder blomster er å lage sine egne potter, noe hun gjør ved en dreieskive på bakrommet, et rom uten noen form for lufting eller aircondition. Tydeligvis. For Ane er lettere rød i huden og rennende svett, som hun har vært så mange ganger før mens han har vært her. Den tredje ingrediensen må være nettopp det. Svette. Han liker ikke ordet, og vanligvis ikke lukta heller, men de gir hverandre ny mening her inne. Det er ikke tørr svette fra noen som ikke har dusjet på flere dager, det er ikke ny svette fra noen som har løpt maraton, det er ikke svette fra elevene i et eksamenslokale. Det er noe annerledes, noe knapt sanselig, men samtidig svært markant. Det første andre legger merke til ved henne er åpenbart de grønne øynene. De usedvanlige, men naturlig fargede øynene. Duften har allerede gjort sitt for å lede ham inn i en uønsket paralysering, men hvis han i tillegg skulle møte øynene hennes i et lengre strekk er det over. Da ender han opp som en seig, bablende masse, og vil ikke huske noe av samtalen når han plutselig finner seg selv på trappen utenfor. Virkningen har ikke alltid vært like intens, men den har bare blitt verre og verre med årene. Desto mer distanse han har prøvd å holde, dess mer intens har reaksjonen blitt. Det sies at hvis man ikke utsetter seg for fare, så blir man en reddhare. Det kunne være noe i det, men her var det da i utgangspunktet ingenting å være redd for. En kvinne med to potter i hendene. Ingenting mer, men på samme tid så altfor mye.

At den utslitte, hvite toppen sliter med å tildekke det den skal, da den er gjennomvåt av både svette og vann fra dreieskiva, gjør ikke saken bedre. Men han vet godt at det ikke er derfor denne reaksjonen oppstår, han er ikke en av de unormale, kåte freakene. Han hadde sett nok av dokumentarer om diverse mennesker som tente på ditt og datt, men han passet definitivt ikke inn i slike profiler. Han kunne vel aldri voldta noen. Eller tenne på frukt og grønt. Blotte stasen eller harve over et dyr. Han så heller aldri noe særlig porno, det var i bunn og grunn bare kjedelig og forutsigbart. Inn, ut, sprut. Hver eneste gang. At han kunne friskmelde seg selv fra å være et sexfiksert utskudd var vel og bra, men det hjalp ikke nevneverdig på situasjonen her i blomsterbutikken. Det er lite man kan gjøre når man ikke vet hva som gjør det. Det var noe med Ane som fikk det til å skjelve i hele systemet. Det hadde det alltid gjort, og dagen i dag var intet unntak.

- Ja, selvfølgelig, du skal hente blomsteroppsatsene.

Han er usikker på om Ane vet hvordan ting ligger an, men hun har i alle fall aldri kommentert eller gjort noe med det. Men hun kan ikke ha unngått å merke blikket hans. De to usynlige tentaklene som slever over henne fra topp til tå, på en høyst ubevisst, men samtidig respektabel måte.

- Ja, blomsteroppsatsene. Selvfølgelig.

Som ventet, han våkner til på trappa utenfor butikken. Bedøvelsen forlater gradvis kroppen, og han kan igjen kjenne følelsen av sin egen tunge. Han skulle gjerne påstå at det gikk bedre enn forventet, men han er ikke helt sikker. Verken på hva som egentlig var forventet eller hvordan han klarte seg. Hovedsaken er i alle fall at han har de rette blomsteroppsatsene i armene, og ikke behøver å gå inn igjen.

Lettelsen over vinden i ansiktet blir avbrutt av noen kjente snufs. Sarah står ved likvogna, sammen med to, eldre gutter, med skolesekker på ryggen. Guttene har fått tak i bilnøklene og erter henne ved å holde dem slik at hun ikke når dem, uansett hvor høyt hun hopper. Hun er tydeligvis oppgitt over situasjonen, og prøver i det lengste å holde gråten tilbake.

Edvard glemmer alt som har med blomster og svette å gjøre, og går konsekvent bort til den av guttene som holder bilnøklene. Han tar tak i den lille armen og vrir til både nøkler og tårer treffer asfalten. Den andre gutten beiner oppover gaten. Edvard tar gutten etter kragen og løfter ham opp på tå. Det streifer ham at straffen er strengere enn nødvendig, men det blir med streifet.

- Er det dine nøkler?

Gutten ser forskrekket ned på den hardhente mannen. Det er et kjølig slør over Edvards øyne. Han merker det selv, men ser ingen grunn til blinke det vekk. Dette var fullt fortjent, og det føltes godt å avreagere på et eller annet akkurat nå.

– Jeg skulle bare...

Han setter ned gutten og røsker av ham sekken.

– Hva om jeg tok sekken din? Sånn, for eksempel. Også kastet jeg den bortover, slik for eksempel.

Han kaster guttens sekk bortover asfalten. Det skrangler fra både matboks og pennal.

– Er det så artig, kanskje?

Det er tydelig at Edvard ikke har lange fartstiden som bølle, både ord og bevegelser blir framført på en keitete måte. Han setter seg på huk ned ved gutten, tar ham nok en gang etter kragen og skal til å formulere neste del av skjenneprekenen.

– Hva skjer her?

Noe digert, med to åpne knapper i flanellskjorten, blokkerer for sollyset. Ikke bodybuildertypen, men mer tømmerhogger eller plattformarbeider. Han har kommet ut fra sportsbutikken og står nå rett over Edvard, som allerede merker tyngden i blikket fra denne store mannen. Ved siden av kjempen, under hoftehøyde, står den andre gutten med ryggsekk. Edvard reiser seg sakte opp og børster av seg på hendene. Han leter etter ord.

– Hva gjør du med guttene mine?

Det høres ut som om mannen har en rull sandpapir i halsen, type grov.

- Det er guttene dine, ja. Nei... Jeg prøver å forklare dem, eller han ene her, at...
- Erling.
- Det er Erling han heter ja, ok. Ja, nei, jeg prøver å forklare ham at...
- Forklare ham hva?
- ...at han ikke får lov til å gå rundt og...
- Du har ingenting med hva sønnen min har lov til å gjøre og ikke.
- Nei, ikke vanligvis, selvsagt ikke, men han...
- Jeg registrerer at du ikke hørte hva jeg sa. Så jeg gjentar: Du har absolutt ingenting med... hva sønnen min... har lov til å gjøre... og ikke. Er vi enige?

Edvard velger å svare i stillhet. Guttenes pappa har pupper, og menn med pupper ligger man gjerne langt unna. Slåsskamp står ikke på gjøremålslista for i dag, spesielt ikke med denne karen. Han kunne egentlig minne litt om Morten, bortsett fra svart hår, klarere trekk og tydeligvis to små gutter på slep. Som en gorilla med avkom. Og han står midt mellom, etter å ha irettesatt den ene for apestreker, noe som tydeligvis er pappa sin jobb, og sin jobb alene. Edvard vifter med seg Sarah mot vogna.

- Kom Sarah, da drar vi på skolen. Sett deg inn, nå.

Den store pappaen legger en hånd på brystkassen til Edvard. En massiv, bestemt håndflate, som rekker fra den ene brystvorten til den andre. Den blir tilsynelatende vennlig plassert, primært for å skåne de unge tilskuerne, men Edvard kjenner et helt annet budskap presse mot ribbeina. Storepappa lener seg mot ham.

– Legg én finger på barna mine igjen, så skal jeg legge et par på deg. Da har vi hva jeg vil kalle et problem. Skjønner du hva jeg mener?

Den dype stemmen resonnerer i magen. Selv om ordene er som snytt ut fra en blockbuster, så er innholdet seriøst ment. Edvard prøver å svare på en verbal, imøtekommende måte, uten å virke for unnskyldende, men det hele ender opp i et lite nikk og et unnvikende blikk. Tilstrekkelig for de fleste, men det holder tydeligvis ikke for Storepappa.

– Sekken.

– Hva mener du?

Edvard vet godt hva ruggen mener, der han står og nistirrer under tre anspente pannerynker. Skolegården. Den eksakt samme følelsen. Å stå under en banal myndighet i forhold til storungene i de øvre klassetrinnene, bare fordi man ikke hadde sjanser i havet om å kjempe imot rent fysisk. Han pleide å ta lange omveier for å unngå de store guttene, spesielt på vinteren da det var stor basefare. Men enn hvor forsiktig man var, så endte man fra tid til annen opp i disse uønskede konfrontasjonene, hvor det bare var å legge seg ned og dekke til ansiktet. Utfallet var allerede avgjort. En parodisk reprise. Også denne gangen var det best å innrette seg etter det uunngåelige. Alt annet var tåpelig, selv om det involverte å svelge alt av stolthet. Å risikere at situasjonen skulle skli ut ved å være obsternasig var verken bra for ham selv eller for Sarah. Og han måtte vel ta sin del av skylden for situasjonen, han kunne nok gått mildere til verks med gutten.

Men de sju skrittene bort til sekken er tunge, og de syv skrittene tilbake er uutholdelige. Han nikker unnskyldende til den lille gutten, som fortsatt har tårer i øynene. Det lille, hoverende smilet fra Storepappa vitner om en innvendig, autoritær nytelse. Edvard kaster blomsteroppsatsene inn i vogna og setter seg inn. Han kremter hardt og vrir om tenningen, i vurderingen om å skvise inn gasspedalen og spinne av gårde. Å forlate gorillareservatet i en sky av svart eksos.

Likvognen blinker ut og triller stille nedover gaten.

VIII

Morten, mysende med halvåpen munn, ligger på en smal benk. Edvard har kledd opp den røslige kroppen i en svartrutet flanellsskjorte med en udefinerbar logo på ryggen, utslitte dongeribukser og lakksko. Morten var ingen motebevisst mann i sin tid, selv om det var slekta som hadde skyld i akkurat denne kleskombinasjonen. De pårørende hadde ofte ønsker om hvordan avdøde skulle presenteres på likskuet, og Edvard undret seg nå og da over folks smak, selv om han ikke var noen moteguru selv. Det var vel enkelt for ham å være dømmende, siden han gikk i en pertentlig dress mesteparten av tiden.

Han er aggressiv i bevegelsene, fortsatt oppjaget etter episoden med Storepappa. Det hadde ikke engang hjulpet å oppdage at Mortens utstyr slettes ikke var så imponerende lenger, som den gang i pubertetstiden. Han hadde hatt den klart største mammuten av dem alle, og pleide ofte å demonstrere det ved å daske den hardt inntil flisene i dusjen, slik at det ga ekko langt ut i svømmehallen. "Uhyret angriper", som han pleide å brøle, til underdanig latter fra de mindre utviklede guttene i klassen. Ikke at den hadde blitt mindre med årene, men den var nå i sammenligning med hans egen degradert til et helt vanlig snabeldyr. Like fullt, den nylige oppdagelsen hadde ikke frydet slik den burde.

Beathe, som står litt lengre inn i rommet, legger merker til den brautende adferden. Hun står og ordner interiøret i en mørkebrun kiste, plassert på en lavere benk ved den innerste kortveggen. Det lave, rektangulære rommet er sparsomt dekorert med noen skap og hyller, montert ved og på de blågrå veggene. Beathe hadde tidligere foreslått å male veggene røde for å få tilføre litt varme, et forslag som gikk over i mørkebrunt da Edvard poengterte at rødt var en smule makabert til dette rommet. Veggflatene var foreløpig fortsatt i blågrått, som de alltid hadde vært, og de så ikke ut til å skifte farge med det første. Selv om det sikkert var på høy tid, da morgensola, tittende inn det avlange kjellervinduet, belyser både sprekker og defekter.

– Hva er det med deg?

Han rister på hodet og tar et godt tak i Mortens bukseben. Lakkskoene gir fra seg et smell i møtet med gulvet, og har slettes ingen planer om å støtte oppunder vekta av den sigende kroppen. Edvard kjemper hardt med å holde den røslige kroppen i posisjon. Morten lener seg svært uformelt opp mot benken, med Edvards håndflater innplantet i hver sin armhule. Beathe ser overgitt på strabasene. Armene i kors, hevede øyenbryn.

Beathe hadde rett og slett lite til overs for hele denne begravelsesbransjen. Hun hadde stadig hevdet, spesielt etter et par glass Banrock, at hun snart skulle ta seg tid til å skrive ferdig romanen sin. Det episke dramaet om Alberto Rierrio, den mørke og fryktløse italieneren som måtte flykte til Norge etter å ha mistet både familie og gård. Her fant han seg, helt tilfeldig, en kvinnelig interesse, men måtte stride mot de mange lokale beilerne for å få den kvinnen han så sårt ville ha. Sist sommer hadde Edvard ytret frampå at en italiener neppe ville tatt turen helt til Norge, bare fordi han hadde fått problemer med en lokal bande. Han kunne for det første ha ordnet opp med problemet hvis han var så fryktløs, men hvis han først skulle stikke av, så ville det vært langt mer sannsynlig at han dro til Sveits, som jo var mye nærmere enn Norge. Sveits kunne også by på et noenlunde kjent klima. Beathe hadde satt fra seg eplejuicen og gått inn, hvor hun så hadde gyvet løs på oppvasken. Hun gjorde ofte det når misnøyen meldte seg, selv om de hadde oppvaskmaskin. Og det hadde vært sin porsjon misnøye opp gjennom årene. Beathe hadde nemlig bare gått inn i denne bransjen på grunn av Edvard. Hun hadde fulgt hans påståtte drømmer, og hadde stadig flekket dette udødelige trumfesset når det var uenigheter om noe, slik at han skulle få dårlig samvittighet og bøye av. Og en av flere oppgaver hun nektet å gjøre i dette yrket, selv om døde mennesker var en stor del av det, var å ta i lik. Det var bare så vidt hun holdt ut her i det kalde rommet med den snåle lukten, så det å faktisk være borti likene var helt uaktuelt. Ikke kunne hun anklages for å være fisefin heller, for hun hadde prøvd.

Hennes første og siste fysiske møte med døden var Tina, som skulle flyttes fra båren til benken. Tina, en helt ordinær, middelaldrende dame, som hadde resignert på grunn av et kranglete hjerte. Beathe hadde ikke brydd seg om hvordan hun døde, det var irrelevant. Det viktigste var å kontrollere brekningsmuskelen. Den hadde holdt seg i sjakk en god stund, til hennes store overraskelse, helt til det uunngåelige skjedde. Alle funksjoner stempler som kjent ut når livet avsluttes, noe som også gjelder for musklene som vanligvis sørger for å holde på kroppens avfall. Og da Tina, helt uforskyldt, lot væskene late midt i løftet, smittet det momentant over på Beathe. Aldri før hadde hun kastet opp så fort og så mye, og aldri før eller etter måtte Edvard tørke løvbiff og brokkoli fra lårene til en gjest.

Derfor hadde han i senere tid gjort denne jobben på egenhånd, og med tanke på at båra hadde havarert under den mildt sagt kraftige fru Eilertsen for et par uker siden, hadde han sett seg nødt til å bære gjestene til og fra benken den siste tiden. Med én måneds leveringstid fra Tyskland og ingen ledige bårer på sykehuset, så var det bare å håpe på at ryggen holdt et par uker til.

Etter et par tunge stønn og langt flere bannord ligger Morten omsider i kista. Edvard knekker korsryggen tilbake i vertikalen.

– Nei, vi må få noen til å komme og hjelpe deg. Du klarer ikke dette alene lenger.

Beathe har plutselig engasjert seg.

– Hva kaller du dette, da?

Han nikker ned mot Morten, som ligger presset ned mellom fire små vegger med hvit fløyel. Kista var en tanke for liten, men det gikk akkurat hvis man la godviljen til. Det ville uansett ta et par uker å få bestilt og tilsendt en romsligere kiste, og det var naturligvis uaktuelt å vente på. At han ikke hadde et tilstrekkelig utvalg i størrelser på lager fikk han ta på sin egen kappe, men det kom nok ikke til å bli et problem. Han hadde fortsatt til gode å oppleve klager på plassmangel fra de pårørende under et likskue.

– Lite effektivt.

Hun hadde alltid et sånt ufyselig løft på øyenbrynene ved poengtering.

– ...og jeg gjør det ikke, det vet du.

– Nei, og jeg tror ikke det er så veldig mange andre som har lyst, heller. "Heisann Paul, takk for sist. Hvordan går det? Du, forresten, du har ikke lyst å hjelpe meg med å løfte noen lik?"

– Vi trenger hjelp, sier jeg. Hvis du får enda en sånn strekk som du fikk i fjor, så blir vi totalt immobilisert. Og ryggen din blir ikke akkurat bedre med årene. Vil du jeg skal finne noen, eller tar du ansvar?

Han rister på hodet og tørker noen små svettedråper med skjorteermet. Dette var allerede en håpløs og avgjort strid, det visste han, men han skulle ikke gi seg uten å la henne blø litt, så langt det var mulig å få inn et par stikk.

– Du kjenner bare folk som skravler mer enn kjevene har godt av. Nei, jeg klarer meg fint. Sarah kan hjelpe til.

– Hun er fem.

De hoverende øyenbrynene igjen. Beathe var nøye med å nappe, så brynene står som to rette, provoserende apostrofer over øynene hennes.

– Sarah burde...

– Nei, vi har snakket om det tusen og fem ganger allerede. Sarah er altfor liten til å hjelpe til med det som må gjøres her; Tre nye gjester neste uke, bestille og hente nye kister, begravelser, vedlikehold...

– Joda, jeg jobber her jeg også, jeg vet hva som...

– ...og alt sånn type arbeid.

Edvard ser ned i kista. Morten er nesten ikke til å kjenne igjen. Helt rolig. Fullstendig harmløs. Alt han aldri var. Knoker og hender bevitner imidlertid livet han levde. En ru og oppskrapet hud, helt fra fingerspissene til skulderen. Spor etter et liv i selvforskylt uvær. Arr i forskjellige størrelser og former. Til og med noen eksotiske, knapt synlig mellom pekefingeren og tommelen, fra den tiden han passet en kamerats boa i en ukes tid. Edvard hadde overhørt historien mellom noen yngre karer på bilverkstedet, mens han ventet på et eller annet komponentskifte. Han hadde overhørt mange skrøner om både hyttetak, scooterdeler og pulbare kvinnfolk, da han både titt og ofte var innom med den gamle vogna, men denne skilte seg ut fra de andre.

Mortens arr i seg selv var ikke videre interessant. At boaen ble provosert til å sette tennene i Morten i løpet av oppholdet var vel ikke mer enn naturlig, men det var fortsettelsen om boaens siste dager som satte seg hos Edvard. Kim Johnny, Mortens kompis som eide den nesten to meter lange muskelen, merket at den vanligvis glupske ormen ikke spiste på flere dager. Den begynte også å sove oftere sammen med ham om natten. Joda, den unge mekanikeren bedyret at det var sant. Slanger var jo vekselvarme dyr, og når man ikke hadde den rette innhengningen ville den søke varme andre steder. Og det var ikke Kim Johnny imot, han syntes det var både tøft og koselig med en slange i senga. Den sov altså sammen med ham, natt etter natt, men spiste verken tint rotte eller tint kanin. Så etter en knapp uke ringe en noe bekymret Kim Johnny til en veterinær i Sverige, som hadde god greie på reptiler. Veterinæren hadde spurt om han var glad i slangen sin. Klart han var det, den var både vennlig og pen å se på. Så lurte veterinæren på om han var villig til å dø for slangen sin. Det var ikke Kim Johnny like sikker på, han hadde ikke engang vært i Paris. Veterinæren begrunnet så spørsmålene sine. Grunnen til at boaen hadde blitt både kosete og småspist var like enkel som den var uhyggelig. Slangen forberedet seg rett og slett på å spise ham. Boaen hadde sultet seg, og på samme tid målt kroppslengden sin mot Kim Johnnys, for å være sikker på at han skulle få plass til å svelge ham når tiden var inne. Så boaen, som aldri hadde fått et navn, endte sine dager i fryseren samme kveld.

Edvard kom på denne historien fra tid til annen. Han syntes ikke slanger var interessante, fascinerende eller koselige på noen måte, men det var akkurat som om han en gang i blant kunne identifisere seg med Kim Johnnys situasjon.

– Har du husket å handle inn til bryllupet til Ane?

Edvard stirrer ned i gulvet og biter sammen tennene et lite øyeblikk. Han kjenner Beathes øyne prikke ham i siden.

– Det må du altså ikke glemme. Og finn noen som kan hjelpe deg her, ellers henter jeg inn Marit.

– Nei, noe sånt skjer ikke.

Marit var en jente på 42 år, som pratet ustoppelig om sminke og mensen, i tillegg til at hun alltid skulle bryte håndbakk. Edvard interesserte seg ikke for noen av delene.

– Noe sånt kan skje fortere enn du tror.

– Så jeg må lide på grunn av at du ikke vil ta i dem?

Beathe overser kommentaren, noe hun har lang erfaring i. Hun nikker ned mot Morten.

– Han skal ned i felt D, sørenden av rekke fem.

IX

Allerede før det slunkne gravfølget har rukket å forlate kirkegården, er Edvard i gang med å senke Mortens kiste ned i jorda. Vanligvis pleide nære slektninger å samle seg i etterkant av begravelsen, for å konsumere snitter og erindre gode minner knyttet til den avdøde. Det var tvilsomt at dette følget hadde så mye å prate om. Bildørene slamrer i takt på den gruslagte parkeringsplassen, plassert utenfor det hvite gjerdet utenfor porten. Ønsket om å haste hjem og vrenge av seg dress og kjoler, uten å havne i smalltalk med folk man vanligvis prøvde å unngå. Kun en liten ansamling mennesker blir stående igjen idet de andre bilene kjører i kolonne bortover veien. Han ser ikke hvem det er, men en dempet, felles latter er ikke til å unngå å høre.

Vinsjen, som alt annet utstyr på kirkegården, fungerte bedre før, og hadde nok en gang stoppet halvveis nedi hullet. Sigaretten i munnviken gløder i forkant av hvert sukk. Det var aldri meningen at han skulle begynne å røyke, og han kunne heller ikke huske hvordan han begynte. Det bare ble sånn. Og det var fortsatt sånn. Og det kom visst til å bli sånn. Noe slikt pleide han å si til dem som anbefalte ham nikotintyggis og som videre skrøt av hvor lett det egentlig var å slutte, mye lettere enn de trodde. Han gadd vel ikke slutte med noe han syntes var godt, det så han ikke noe poeng i. Nytelsene sto ikke i kø, og kreft fikk man uansett.

– Kom igjen nå, da. Skjerp deg, Morten.

Han får ikke vinsjen til å rikke seg, og tyr til den siste og ofte beste løsningen. Et hardt dunk med håndbaken får maskineriet til å leve i noen sekunder. Morten synker enda noen centimeter ned i jorda før han stopper igjen.

– Nei vel... Bare vent litt, du.

Han setter seg ned på den lille vinsjboksen, andpusten av strabasene. Etter hvert blir han oppmerksom på en gutt, stående litt bortenfor. Han kan ikke være eldre enn seksten, kledd i svart bukse og mørkerød genser. Det hendte at han tiltrakk seg publikum når han gjorde noe spennende, noe han slettes ikke likte. Da måtte han jobbe korrekt og eksemplarisk, uten rom for eventuelle styggord og merkelig oppførsel. Edvard prøver å overse ham, selv om han kjenner guttens blikk på kroppen. Han ville nok gå snart hvis han bare ble sittende slik en stund til, umulig særlig spennende å se på i lengden.

– Trenger du noe hjelp?

Nei, han hadde nok ikke tenkt å gå med det første. Dette kom til å bli en fantastisk dag. Edvard snur seg og blåser ut røyken i retning gutten.

– Hjelp?

– Ja, her på kirkegården. Sånn til vanlig.

Hun har faktisk rukket å gjøre det allerede. Effektivt, det skulle hun ha. På en annen side, det var ikke umulig at Beathe hadde tatt avgjørelsen allerede før hun brakte det på bane, og bare latt denne stakkars gutten stå og vente på kirkegården til nå. Å prøve å få det til å se mest mulig tilfeldig ut.

– Åja, du har snakket med Beathe?

Gutten roter rundt i bukselommen.

– Beathe? Er det hun som er sjefen her?

Edvard lar svaret ligge. Han blir sittende og se på gutten. Navnet ga ingen respons i det flakkende blikket, og svaret er nervøst framført, men tilsynelatende ærlig. Han måtte være god til å lyve hvis han gjorde det. Det kunne være en stor tilfeldighet, at Beathe rett og slett ikke vet hvem denne gutten er. At hun egentlig hadde planlagt å snakke med Marit senere på dagen. Og så dukker denne karen opp ut av ingenting, tydeligvis med en eller annen uforståelig interesse for å jobbe her. Dette var for godt til å være sant, men det var verdt forsøket.

– Vet du hvor Be...

– Har du sett et lik før?

Edvard kaster ham rett på grillen, først som sist. Er han like lite interessert i omgang med gjestene som Beathe, så klarer han seg like godt uten assistanse. Lyden av guttens svelg høres helt hit hvor han sitter.

– Nei.

– Vil du?

Klumpen blir bare større og større. Og han som hadde planlagt å virke supermotivert og gi rungende, bekreftende svar på alle spørsmål. Nå sliter han med å presse ordene opp til overflaten.

– Da trenger jeg ikke noe hjelp.

Han svelger hardt og kremter høyt. Stemmen brister, men ordene kommer i alle fall frem:

– Jo, jeg vil se lik. Masse lik.

– Hvorfor har du lyst til det?

– Jeg trenger en sommerjobb.

– Er det ikke litt mer liv i parkvesenet?

Gutten trodde lenge at parkvesenet var et vesen som bodde i parken og som pleide å spise unger etter mørkets frembrudd. Ikke før godt ut i barneskolen skjønte han at dette bare var noe mamma og pappa sa for å holde ham unna parken, hvor alle de narkomane holdt til. Det lå jo sprøyter og pornoblad over alt, og det var slettes ikke å håpe på at han skulle skade seg på noen av delene. Men det var ikke fordi at han fortsatt trodde på parkvesenet, at han ikke prøvde seg der først. Det fikk stå til med en liten, hvit løgn.

– Har prøvd, alt er opptatt.

– Hvordan er formen?

Gutten er ikke forberedt på alle disse merkelige spørsmålene. Når det kom til motivasjon, punktlighet og orden, så hadde han pugget hvert eneste svar, men han var i mangel på innøvde replikker når det kom til sin egen form.

– Spiller du fotball? Trener? Går du tur i skog og mark? Noe sånt?

Svaret kom visst ikke fort nok. Den svartkledde mannen måtte tro at han var treig, noe han til tider kunne ha rett i. Jobbintervjuet hadde slettes ikke gått etter planen så langt.

- Åja, sånnsett. Jo, jeg sykler terreng. Og svømmer litt.
- Hvor gammel er du?
- Femten. Blir seksten i november.
- Hva heter du, forresten?
- Kent. Eller Kent Robin, egentlig.
- Har du prøvd en sånn før?

Edvard nikker bort mot en liten, smårusten gravemaskin. En gang var den lakkert i en staselig gråtone med noen røde, horisontale streker over midtpartiet, men ser nå mest ut som et avskallet og depressivt dyr, der den står og henger ved et av de store bjørketrærne.

- Nei.
- Hopp inn, så skal jeg vise deg hvordan den funker. Skal forhåpentligvis begrave denne karen nå snart, noe som går langt fortere når man er to om det.

Kent Robin ser på gravemaskinen. Så bort på hullet i bakken og til slutt på Edvard. Øynene lyser ikke av motivasjon.

- Du liker ikke gravemaskiner?
- Jo, men, jeg... Jeg har ikke så lyst til å begrave onkel.

Edvard ser på kista og videre bort på gutten.

- Kent Robin Klaussen? Ja, nå ser jeg vel det, du er sønnen til Anders, broren til...

Edvard lener hodet svakt i retning kista.

- Var ikke søsteren din i avisa her i mars, hun som fant årets første hestehov eller blåklokke eller noe sånt?

Kent Robin nikker og smiler. Denne gutten var altså i slekt med Morten, noe som burde få alle tenkelige varsellamper til å blinke. På den annen side, Edvard kjente til Anders, som speilet lykksalig lite av broren sin. For utenforstående var slektskapet umulig å påpeke, verken i utseende og oppførsel. Ryktene skulle vel også ha det til at mamma Klaussen ikke var spesielt monogam av seg i de tidligere år, så at Anders og Morten kom fra hver sin kant var vel kanskje mer enn bare spekulasjon. Men den endelige sannheten kom nok aldri til overflaten, med tanke på at mamma Klaussen hvilte bare noen rader bortenfor Mortens hull. Slektskapet til tross, ett sort får kunne vel ikke representere resten av flokken, og han hørte heller på et stemmeskifte enn om problemer knyttet til en kvinnes menstruasjonssyklus.

- Hestehov, ja.

- Hestehov var det. Nei, ja, du skal selvsagt få slippe å begrave onkelen din, jeg ordner det. Men okei, hva om du kommer innom rundt klokka ti i morgen da?

Edvard trenger ikke vente på svaret. Det unge ansiktet under den brune luggen lyser opp.

- Fem hundre dagen. Svart, som buksa di. Høres det greit ut?

Kent Robin løsner på det stramme grepet bak ryggen og tørker de svette håndflatene diskret mot genseren.

– Eh, ja... Kjempefint. Takk. Tusen takk! Hvor skal jeg møte opp? Skal jeg ringe deg når jeg er her, eller...

Kent Robin fisker opp en mobiltelefon fra lommen, klar til å lagre nummer. Det tigerfargede dekslet sklir nesten ut av den klamme håndflaten.

– Neida, jeg er i annekset fram til tolv, du finner meg der. Beathe, hun jeg er gift med, tar seg av alt som har med sånne administrative ting å gjøre, så sånne greier har jeg aldri hatt bruk for.

Det er ikke til å unngå at han føler seg noe gammel, pekende bort på Kent Robins mobiltelefon.

– Mer til mas enn til nytte, er de ikke?

10

Edvard ligger og ser opp mot himmelen. Den er definisjonen på grå. Han har nettopp våknet etter løpeturens anstrengelser, til en kvalmende følelse i hele kroppen. Rasteplassen huser fortsatt både han, vogna og jenta, med de ruvende grantrærne som tause voktere. Han stabler seg på beina og lytter til blodsuset i sine egne ører. Blikket sonderer den omringende skogen mens han rister på sigaretteska. Ikke en lyd. Kontrollsjekken påviser som ventet at den er tom. Kistespikerne, som han så selvironisk pleide å kalle dem, hadde forsvunnet fort, men det var ikke farlig med det. Han stabler seg bort til likvogna og åpner bakluka. En liten, blank elv renner ut og ned over skoene hans.

– Neeei...

Som en katt ute i regnet prøver han å løfte på føttene etter tur for å unngå å bli våt, men til ingen nytte. Dunsten fyller luften. Både sko og sokker er straks gjennomtrukket. Han gir fort blaffen, strekker seg inn i vogna og drar ut kista.

Flerfoldige flasker sprit, øl og andre drikkevarer, i tillegg til et par pakker baconstrimler og et titalls kartonger Marlboro, kommer til syne under det åpne kistelokket. Varene bader i et lite hav av sprit. Det lekker ut fra kistebunnen og utover interiøret, men han bekymrer seg ikke av den grunn. Nå var vogna et vrak uansett, flere år på overtid. Han unngår de knuste spritflaskene, og fisker ut en øl og en kartong sigaretter. Korken sprettes med Zippo-lighteren, som i neste vending fyrer på en sigarett. Han tar et dypt trekk og lar røyken leke seg gjennom flimmerhårene, før den så dyttes ut i den kjørlige sensommerlufta. De stigende røykringene blender seg inn i skylaget. Ølstanden stryker bunnen av etiketten allerede etter første slurk. Det smaker, men ikke like godt som det burde. Lapin Kulta, svenskølet som egentlig var finsk. Ikke den aller beste, men slettes ikke den aller verste, spesielt ikke på flaske. Frydenlund, blå Hansa og nederlandske Grolsch, som av uvitende ofte ble kreditert som belgisk, var favorittene. Ikke nødvendigvis i den rekkefølgen, det kom helt an på situasjon, type mat og grad av tørste. Lapin Kulta var dugelig til sistnevnte faktor, som nå også var den gjeldende. Det, i tillegg til å roe ned både kropp og sinn. Begge formålene krever store slurker. Andpusten av drikkingen ser han opp i tretoppene. Han lar de gjenværende dråpene i munnhulen sige fritt ned under drøvelen, og forsøker å følge på med et dypt trekk frisk luft. Det er luft, men den er ikke frisk. Den merkes knapt, verken på vei inn eller ut.

Så smeller han flasken ned i asfalten, etterfulgt av et brøl som presser fram blodsmaken i ganen. Ekkoet bærer ikke like langt som det burde. Selv om det letter noe på trykket, så er det ikke til å unngå at han føler seg noe dum ved å stå her og rope ut i ingenting. Han går mot jenta ved benken, som virker langt mindre bekymret over situasjonen.

– Hvor er jeg egentlig?

Han ser seg rundt.

– Hallo!

Han begynner å snurre rundt og rundt, som overlykkelige karakterer i kjærlighetsfilmer ofte gjør, gjerne i regnet med et bredt smil om munnen. Men han smiler ikke, og lykken er slettes ikke til å ta og føle på. Ikke regner det heller, men det var for så vidt like greit. Trekronene kretser rundt i en uklar sirkel.

– Hallo! Jeg trenger...

– Hjeeelp!

Skrikene fra skogen begynner å miste sin virkning, i den grad det var meningen at det skulle vært en. Nysgjerrigheten avløser redselen. Det kan virkelig ikke være det han tror det er, det ville bare vært for absurd. Men valget er egentlig enkelt. Han kan stå her og høre på, eller han kan ta seg sammen og våge seg mot kilden. Noen trengte tydeligvis hjelp. Det var kun skogen som lå i veien. Siden episoden med Morten har han ikke hatt nærkontakt med verken gran eller barnåler, med unntak i juletider. Enn hvor absurd denne tradisjonen var, så hadde han aldri klart å bytte ut ekte grantre med plast. Det var noe med lukta, og det var noe med den ironiske kosen ved å få flis i ullsokkene. Men det kom ikke på tale å dra ut og hogge selv, selv om prisen på torget hadde blitt temmelig stiv med årene. Gran i friluft har aldri vært det samme siden den sommeren, som ironisk nok er det den samme episoden som igjen trekker ham inn i skogen.

De brune trestammene står tett i tett, så tett at det er vanskelig å se mer enn ti-femten meter foran seg. Mosen på bakken bærer preg av lysmangel, både i oppveksten og senere i livet. Den strekker seg som et utskjemt, brunt teppe over skogflaten, delvis dekorert med døde, grå greiner. Her inne er skogen død. Ikke en lyd å høre, ikke en maur å se. Og når han kunne hatt bruk for skrikene, så har de forsvunnet igjen. Sakte men sikkert tar han seg fram mellom stammene. Høyrehånda er utilsiktet formet som en liten bøyd pistol, mens venstre tviholder rundt en spritflaske. Han hadde sett seg nødt til å grave dypere i kista, da Lapin Kulta ble en noe spinkel følgesvenn for denne oppgaven. Edvard stopper og bøtter nedpå en dugelig slurk. Skjærende grimaser etterfølges av et hardt svelg og spisse ører.

– Hallo?

Han vet ikke om han verken forventer eller ønsker at noen skal svare, men han føler at stillheten må fylles med noe. Stillheten, som bare venter på å brytes, det uvisse er kun når og hvordan. Han prøver å unngå de tørre, grå greinene, i frykt for å vekke ett eller annen til live.

Det hviskes lavt mellom stammene. Det kunne vært vinden, men greinene henger triste og urørlige mot bakken. All form for luftgjennomstrømning var nok sjeldent her inne, da luften ligger som et nesten tykt, synlig lag mellom stammene. Trekronene over han står dryppende stille, som om de ikke vil at han skal se dem. Nok en stor slurk, så forsiktig som han kan. Men desto stillere man prøver å svelge, desto høyere blir det.

Det knekker i kvister. Den velkjente lyden av ubehag, bak stammene et stykke innover. Han er ikke alene her inne. Før han engang vurderer å spille død ser han en oppreist skikkelse flakke mellom stammene. Menneskelignende i formen, kun et titalls meter unna.

– Hei, vent!

Hvem det enn var er skikkelsen verken til å se eller høre lenger. Skogen puster igjen. Et kort og nesten umerkelig vindtrekk, kun registrert mot den svette pannen. Det har blitt kjøligere.

– Hei..! Hvor ble det av deg? Jeg har...

Barnegråt avbryter ham, rettere sagt mer hulk enn gråt. Men det var ikke et barn han så, skikkelsen var for høy til det. Han blir stående å lytte til de fjerne hulkene. De kommer fra samme munn som skrikene, det er ikke til å ta feil av. Selv om skulle håpe at han gjorde det. Men når han først var her inne, og samtidig så nært, så kunne han nesten ikke feige ut.

Et lite stykke innover, bak en fallen, inntørket stamme. Der står det noen. Et barn, med ryggen inntil et tre. Kun deler av ermet og håret stikker ut fra bak stammen, men det holder i massevis. Den lyseblå skjorten, den lyse, krusete luggen. Den lysegrønne fisketråden surret stramt inn mot barken. De allerede få fargenyansene blekes i Edvards ansikt. Han hadde på en måte forventet det, men synet ble mer enn han var forberedt på.

Instinktene tar igjen overhånd, og han finner seg selv, nok en gang, i fullt firsprang. Atter en gang med hjertet på vei ut halsen. Han har lyst til å spy, men han har ikke tid. Han måtte ha blitt hjerneskadet i kollisjonen. Noe hadde røket et sted, det kunne ikke være noen annen forklaring. Synet, enn hvor reelt han oppfattet det, kunne ikke være virkelig. Hodet famler i takt med beina. En lysning nærmer seg mellom stammene. Det forsto seg, det store lyset, der var forklaringen. Han trodde egentlig ikke på det, men akkurat nå ga det hele situasjonen en viss sammenheng.

Men den gang ei. Føttene treffer igjen asfalt. Knærne skjelver, brystet dunker og hodet rister. De blodskutte øynene beskuer nok en gang rasteplassen.

XI

Det vrir seg i magen. Han hadde sneket seg inn her én gang før, og han visste egentlig ikke hvorfor han skulle gjøre det igjen. Korøvelse var én ting, da hadde de lov til å være her inne, men å snike seg inn var noe helt annet. Presten hadde nemlig bestemt, i frykt for hærverk, at ingen under atten år fikk lov til å befinne seg i kirka uten voksne til stede. For med tanke på hvordan kirkebenkene så ut fra før, og hvor mange klager presten hadde fått på det, så var det ikke rart at forbudet omsider kom.

Dette var sikkert et "møte med samvittigheten", som bestemor hadde snakket om da hun skulle til tannlegen, noe hun ikke hadde lyst til men bare var nødt til å gjøre. Aldri i livet om han hadde gått frivillig til tannlegen, selv om dette nesten var like skummelt. Den store, røde kirka, med det mørkegrønne taket, ruver mot ham. Han tygger sakte på siste rest av en kjærlighet på pinne, så stille som han kan. Turen til kirka hadde fått seg en omvei innom kiosken, i behovet etter noe å mote seg opp på. Han tørker av klisset på hendene mot den lyseblå t-skjorten, da den en gang hvite shortsen ikke har flere ledige plasser etter en lang sommer. En uren shorts var uunnværlig i skolegården, så han hadde nektet bestemor å vaske den. Han hadde til og med sovet med den under hodeputa så bestemor ikke skulle snike seg til å vaske den på natta. Storungene på skolen gikk alltid etter småttisene med rene klær. Og han skulle være småttis i to år til, da begynte han i fjerdeklassen og kunne leke på stordelen i skolegården. Småttiser ble ofte offer for sølepytter og jordkasting i friminuttene, men det var liksom ikke noe poeng i å ta de som allerede hadde skitne klær. Shortsen hadde nå en respektabel, skitten overflate, mens skjorten kunne trengt noe ekstra på ryggen.

I fjor sommer hadde han neppe nådd opp til dørhåndtaket, som var plassert unormalt høyt opp på døra. Ryktene skulle ha det til at presten hadde beordret montering av døra opp ned, siden rammeverket på den nylig ankomne døra visstnok tegnet et oppned kors, montert den rette veien. Edvard skjønte ikke helt problemet ved at et kors sto opp eller ned, det måtte vel være det samme, men høyt plassert var i alle fall dørhåndtaket på den digre døra.

Smertehylet fra dørhengslene gir gjenklang i den store salen. Han visste det het noe annet enn sal, men han kom aldri på det. Skipet, som hang etter noen hvite tråder fra taket, hadde også forundret ham, men han hadde aldri turt å spørre hvorfor det var der. Det kunne heller ha hengt på rommet hans, for selv om det ikke hadde noen kanoner, så var det et fint skip. Sollyset tegner mønster på gulv og vindu gjennom de store mosaikkvinduene, etter å ha avslørt alt støvet som virvler rundt i rommet. Ansiktene på veggene, flesteparten seriøse menn med skjegg, møter blikket til den lille gutten, som sakte men sikkert lister seg mot det ruvende maleriet hengende over alteret. En stakkars mann som blir spiddet med et langt spyd. Blodet som renner ut. Han skjønner ikke hvorfor han og de andre småguttene får lov til å være her inne og synge når det henger et bilde med klart attenårsgrense på veggen. Det er mye han ikke skjønner her inne. Skummelt er det også. Han fikk bare håpe at himmelen ikke var like skummel, om det skulle vise seg at den virkelig fantes. Ikke at han skjønte hvordan det var mulig å leve på skyene, men det kom han sikkert til å lære om i tredje eller fjerdeklassen.

– Du vil vel besøke den nye gjesten min?

Edvard skvetter til. En eldre mann, kledd i en svart bukse og hvit skjorte, med et halvløsnet slips hengende rundt nakken, har sneket seg innpå den lille gutten. Eldre mennesker pleide å være flinke til å snike seg innpå, det visste han, ettersom bestemor hadde overrasket ham en gang da det passet som dårligst.

Hun sto der i døråpningen inn til gutterommet og så bort på den forfjamsede gutten. Ved siden av et oppslått blad, med bilder av damer liggende i ukomfortable posituer, satt han på sengekanten med buksa på leggene og hendene fulle. Bestemor pleide vanligvis å annonsere middagen ti minutter før den egentlig var ferdig, i viten om at Edvard alltid bare skulle gjøre noe først. Men i dag hadde hun feilberegnet tiden grunnet en ny type spagetti, som kokte litt kjappere enn den vanlige. Så da trodde hun det var best å hente gutten, slik at han slapp å spise kald mat. Men episoden var tydeligvis bare pinlig for Edvard. Bestemor hadde spurt en ekstra gang om han hadde vasket hendene skikkelig før de tok til å spise, og det var egentlig alt som skjedde. Ja, og så over riskremen hadde hun nevnt at hun kunne ta vare på det bladet. Hun visste ikke hvem det var sitt, selv om han hadde funnet det under madrassen i hennes seng. Men det var fullt forståelig, bestemor kunne vel ikke ha noen grunn til å se på nakne damer. Og han måtte la være å si det noe til noen, for det ville vært litt ekkelt for den som eide bladet.

Edvard vet ikke hva han skal si. Hvem denne gjesten var visste han ikke. Det kunne kanskje være en av de der svartskallene som bodde i kirka, som egentlig ikke hadde lov til å bo i Norge og som gikk rundt og knivstakk alle sammen. Det hadde i alle fall bestemor sagt at de gjorde. Og så stjal de sykler, mente hun. Men han hadde sett den lille jenta i kirkefamilien en gang, rett utenfor kirkeporten mens hun plukket noen prestekrager, og hun

67

hadde verken kniv eller sykkel, så bestemor måtte ha ment noen andre.

– Bare å bli med, jeg tenkte meg bortover dit nå. Jeg heter Rolf, forresten.

Mannen med det strie, grå skjegget het Rolf. Det var et artig navn, og enda artigere å si. Rolf. Rolf. Rolfff. Edvard sier det ikke høyt, men går og smiler for seg selv mens han følger etter den dresskledde mannen til et lite hus like ved kirka. Så kjenner han klumpen i magen igjen, klumpen som hadde forsvunnet i noen sekunder mens han tenkte på det artige navnet. Døra til dette huset, som mannen hadde kalt annekset, var mye mindre enn til kirka, og den bråkte også en del mindre. Men her var det kaldere.

Trappa ned i kjelleren er ikke særlig fristende. At en fremmed mann vil ha han med seg ned i en kald kjeller ofres ikke en eneste tanke. Monstrene, derimot, der nede under jorden, ofres langt flere. Han visste at de egentlig ikke fantes, men han klarte liksom aldri å venne seg av tanken. Monster under senga eller i klesskapet var bare tull, der hadde bestemor sjekket opptil flere ganger. Men under jorda, langt under torv og røtter, der var det noe. Noe som ville trekke ham ned i mørket, for så aldri å la ham komme opp igjen. Det kunne heller ikke avkreftes like lett som seng og skap, selv om bestemor hadde forsøkt å grave et hull i hagen for å vise han. Den skjøre kroppen klarte bare å spa opp en knapp halvmeter, noe som selvfølgelig var altfor grunt. Nei, onde intensjoner skjulte seg dypere enn som så.

Han blir stående øverst i trappa og late som han sjekker noe interessant i den kvistete treveggen. Rolf snur seg opp mot den lille gutten.

- De pleide å ha kuler og krutt her nede under krigen. Gevær, pistoler og sånt. De gjemte det i kistene, der de visste at tyskerne ikke kom til å lete.

Veggen er ikke like interessant lenger.

- Er du flink til å holde på hemmeligheter?

Edvards hode tar til å nikke i ukontrollert iver.

- Det ligger fortsatt en pistol igjen her nede. En tysk pistol, faktisk. Vil du se?

Monster meg her og monster meg der. Trappetrinnene fyker forbi under føttene til den lille gutten. Han går foran Rolf og inn i det neste rommet, som ligner et lite kontor. Permer og skriverier er stablet opp etter veggene i forskjellige hyller, og skrivebordet er fullt av diverse gjenstander, blant annet en mast fra skipet i kirka. Rolf hadde tatt på seg oppgaven å lime det sammen igjen etter at han uheldigvis kom borti skipet med ei rive, den dagen han skulle fjerne et fuglereir inne i kirka. Den var ikke helt isolert den kirka, mente Rolf. Isolert betydde tett, hadde han forklart. Ting hadde ofte flere ord for seg, uforståelig nok. Rolf åpner et lite, brunt kjøleskap, plassert ved en metallisk vask på den ene kortveggen.

- Er du tørst? Jeg har bare iste, da. Ellers er det vann i kranen.

Edvard nikker. Han mente egentlig vann, siden te og kaffe var noe bare bestemor og den fnisete venninnen drakk, men Rolf trodde han hadde nikket til te. Så nå fikk han et glass iste, med ferskensmak og isbiter. Han ser ned på den brune væsken i glasset, lignende flytende bæsj. Men det luktet ikke så verst, og mannen hadde allerede drukket av sitt glass, så det kunne vel ikke være det. Hvis ikke mannen likte bæsj, da. For en raring.

- Ja, du ville vel kanskje se pistolen?

Rolf setter seg på huk og løsner på en flis i veggen. Edvard øyner muligheten til å smake på den såkalte isteen, eller hva enn det måtte være som fløt rundt i glasset. Med ryggen til kunne ikke Rolf se hvis han ikke likte det, og han ville jo ikke såre den snille mannen som skulle vise ham en pistol. Og hvis han ikke likte det, så kunne han bare sette fra seg glasset og liksom glemme og drikke det. En liten slurk først, bare. Rolf lirker ut flisen.

- Jeg fant den da jeg skulle flytte på skrivebordet her. Det dunket inn i veggen, og så falt denne flisa av. Måtte være noen som hadde funnet den og ville holde det hemmelig.

Rolf lurer ut et lite klede fra hulrommet i veggen. Edvard bøtter ned siste rest i glasset. Det var visst ikke bæsj, nei. Rolf skjenker i et nytt glass, setter seg ned på trestolen og begynner å pakke opp kledet. Edvard tømmer det andre glasset like fort som det første, med øynene fikserte på det brune tøykledet. Julepapir kunne ikke måle seg med denne innpakningen.

Og der var den. Leggene omringes av gåsehud. En pistol. På ordentlig. Ikke av tre eller plast, men en helt ekte én. Ikke så stor og skinnende som han hadde forestilt seg, men den var tøff. Så utrolig tøff. Og litt rar.

- Har du hørt om en Luger? En type pistol som tyskerne brukte under krigen. Ser kanskje litt merkelig ut, men det var, etter det jeg har hørt i alle fall, de mest pålitelige pistolene som fantes på den tiden. En Luger P08 Parabellum for å være nøyaktig, fant et bilde som var helt likt i et leksikon.

70

Rolf hadde ikke vært i krigen og var glad for det. Selv den dag i dag haltet han fra et feilhogg med øksa som tolvåring, som hell i uhell gjorde ham stridsudyktig i felten. I en kort periode var det snakk om at han skulle inn i en annen, teknisk avdeling i militæret, men pappaen til Rolf hadde kjent noen som kjente noen, som fikk overtalt noen til å la Rolf være igjen på gården mens alle de andre gikk ut og kriget. Og bra var det, både for Rolf og hans pappa, som slapp å betale noen for samme jobben. Men øksa hadde truffet en merksnodig nerve, så han hadde hatt en sånn prikkefølelse i foten helt siden den dagen det skjedde. Som om foten holdt på å sovne hele tida, forklarte han. Og det var et stilig, stort arr. Edvard skulle ønske han hadde et sånt, han også.

– Den fungerer ikke da. Rust i systemet, tror jeg. Men det er ikke som om jeg har tenkt å bruke den til noe, så det spiller ingen rolle.

Et aldri så lite skår i gleden. Her så han en ordentlig pistol for første gang, og så virket den ikke. Men det kunne kanskje være at den hadde drept noen før den ble ødelagt, og det var jo artig å tenke på.

– Men det var vel egentlig ikke pistolen du ville treffe?

Der var den igjen. Klumpen, den uvelkomne tingen i halsen, som kunne være alt fra en kroppsdel til gammel mat. Ekkel var den i alle fall. Det var nok derfor den alltid dukket opp når det skjedde noe ekkelt.

Pistolen legges tilbake i hullet sitt, og Edvard sverger på å holde den hemmelig. Hvis ikke ville den bli tatt og lagt i et museum, og da fikk han aldri muligheten til å holde den igjen. For det hadde vært stort å holde den. Det kalde metallet mot de fortsatt klissete fingrene, det rue håndtaket, eller "kolben" som Rolf kalte det. Det var både spennende og litt skummelt å sette pekefingeren mot avtrekkeren. Tenk hvis den hadde fungert. Da kunne han ha drept noen bare med å trykke inn en liten pinne. Han hadde ikke lyst til å ta livet av noen, det var ikke dét, men det var rart hvor mye tøffere han følte seg med denne tingen mellom fingrene. Han skulle spørre Rolf om han fikk låne den med seg på skolen en gang, bare for å skremme litt, spesielt Morten, men det fikk vente til de ble litt bedre kjent.

Rolf åpner døren inn til et annet rom. Den har stått på gløtt hele tiden, men Edvard har hatt nok med å fokusere på pistolen. De spinkle beina trår inn i det nye rommet, som er enda kaldere enn kontoret. En merkelig lukt kryper opp i nesen. God er den ikke, men heller ikke stygg nok til å sende ham på dør. Selv med et lite avlangt vindu ut mot kirkegården, med sollyset lysende gjennom det småskitne glasset, fryser han på de nakne leggene. Men det er ikke kulden som sender nakkehårene hans i taket. Litt lenger inn i det blågrå rommet står en avlang kiste på en benk. Han skjønner hvem som er inni.

– Jeg hører de fant henne i skogen. I en bekk.

Rolf har gått bort til kista og kikker nedi. Edvard står fortsatt med hendene på dørkarmen inn til kontoret. Rolf snur seg og smiler til de store, blå kuleøynene.

– Ja, man kan finne mye rart i skogen.

Den eldre mannen smiler, veivende med hånda i retning kista. Edvard slipper dørkarmen og begynner å luske seg mot benken. Gåsehuden baner vei nedover armene dess nærmere han kommer. Rolf plukker ut noe jernskrot fra en trekasse og setter den opp ned ved benken.

– Det er synd å skulle dø så tidlig. Hun var vel ikke mer enn rundt 25 år, tror jeg. Fortsatt nesten bare et barn. Livet tar ikke av før man passerer femtisju.

Rolf smiler lurt til Edvard og hjelper ham opp på kassen. Og der ligger hun. Nesten akkurat som i vannet.

– Hun hadde falt i bekken. Sikkert slått hodet mot en stein eller noe.

Edvard tar seg selv i å nikke et par ganger før han skjønner hva han gjør. Han ser på Rolf, som uheldigvis har fått det med seg. Det var visst nå han skulle bli avslørt, det måtte vel komme før eller siden. Alle skulle få vite at det var han som egentlig hadde drept henne. Ikke drept henne da, det skjønte han, men skremt henne slik at hun døde. Og bare løpt vekk uten å si noe, uten å gi beskjed om hva som hadde skjedd, late som ingenting i flere dager.

Rolf ser at det finnes noe usagt der inne, at gutten vet like mye som ansiktet gir uttrykk for. Men de runde, flakkende øynene lyser av frykt og fortvilelse. Ikke et eneste spor av intensjon eller uvilje. Det hadde antakelig vært på sin plass å melde fra om mistanken, å hjelpe politiet med å henlegge saken uten noe mer omfattende arbeid, men hun ville være akkurat like død. Så å dra inn denne lille gutten i både mistanke og påkjenning, bare for noen ekstra ord på et dokument, det ville ikke ha noe for seg. Skulle obduksjonen tyde på noe annet enn en ulykke fikk han ta stilling til det da. Det var imidlertid andre enn politiet som trengte assistanse i første omgang.

– Bare en helt vanlig ulykke, ingen som gjorde noe med vilje. Det skjer hele tiden.

Edvard synes plutselig det har blitt varmere i rommet. De lyse nakkehårene ligger igjen henslengt nedover mot ryggen.

– Nei, man skal visst tidlig krøkes som de sier. Først foreldrene dine. Så dagmammaen din rett etterpå.

73

Det unge ansiktet ser spørrende på Rolf.

– Får vite litt av hvert i denne jobben, skjønner du. Vet ikke om du visste det, men hun hadde en tante og et søskenbarn. Hun mistet også foreldrene sine da hun var lita, omtrent like gammel som deg. Ingen andre slektninger, liten familie. Tanta og kusina kommer forresten i bisettelsen senere i dag. I begravelsen altså.

Edvard klarer ikke ta øynene vekk fra henne. Det er nesten som om hun smiler til ham, at hun vet at han er der uten å åpne øynene. Rolf begynner å brette opp det ene ermet på skjorta før han smiler til Edvard.

– Lyst til å hjelpe meg?

Bare noen timer etter forlater jentas tante og kusine kirkegården. Edvard hadde blitt værende der i mellomtiden, hjulpet til med å bære noen blomster og redskaper, ryddet litt i et skap og fått omvisning på den gamle delen av kirkegården, hvor det lå mennesker som hadde vært døde i nesten to hundre år. Det var lenge, det. Rart at de fortsatt lå der nede, selv om de visst stort sett bare var jord nå. Han syntes det var litt spesielt å stå oppå gravene, ikke bare de gamle gravene, men spesielt de som var litt nyere. Følelsen av å stå oppå døde mennesker, å vite at de lå rett under ham. Selv om Rolf hadde forsikret ham om at det ikke var farlig å stå der, at det garantert ikke fantes noen monstre under gresset, så var det litt ekkelt. Og nesten litt frekt. Han sto tross alt på noen. Det var ofte en liten grop ved hver gravstein, rett over der hvor kista lå. Rolf hadde forklart at når treverket i kistene råtner opp, så gir kista etter og får jorden til å synke litt. Vanligvis pleide han å fylle etter med jord i disse hullene, men det hadde visst vært så travelt i det siste at det ikke hadde blitt tid til slikt arbeid. Han fikk heller ikke tid til å svare på alle spørsmålene Edvard hadde før de måtte begrave jenta. Etterpå hadde han lurt på hvorfor både tanta og kusina hadde svarte klær på seg når det var så varmt ute, men han hadde ikke helt forstått Rolfs forklaring med svart som sørgefarge. Og oppfølgingsspørsmålet om hvorfor de gidder å ta på seg en sørgelig farge når man allerede var trist, det kunne ikke Rolf svare på. Han var klok, denne mannen, men tydeligvis ikke kjempeklok.

Rolf lar diskusjonen ligge og gir i stedet Edvard en spade. Den blide mannen begynner å spa jord ned på kista, som nå ligger på bunnen av et stort hull i bakken.

– Slik trimmer man og sparer bensin på samme tid. Det er greit å bruke graveren når jorda skal opp, men å kaste den ned igjen klarer man for egen maskin.

Edvard ser på den smilende, skjeggete mannen. Han har tross alt nettopp møtt ham, men han tenker at han burde prøve å gifte seg med bestemor. Det hadde sikkert gått fint. Han tør ikke foreslå det akkurat nå, men det skal han gjøre en dag. Han kunne godt spørre bestemor om sjans ifra han, hvis han ville det. Men han var fullt klar over at det å spørre om sjans var en stor greie, han hadde jo ikke turt å spørre Ane ennå. Men det skulle han gjøre, en dag. Og så skulle de sitte på huskene sammen, mens de delte en boks Hockeypulver. Så skulle han spandere en Eventyrbrus på henne, før han så skulle driste seg til å kysse henne på nesen. Midt på alle fregnene, hvis sjansen bød seg. Det fikk han se an når den tid kom.

– Av jord er man kommet, som de sier. Du og jeg skal også dø en dag, og det kan skje når som helst. Jeg kan være død i morgen, for alt jeg vet. Du også. Nei, man kan ikke gå rundt å være redde for døden hele livet. Spesielt ikke i denne jobben. Men vær litt forsiktig på kanten her, det er et stykke ned.

Edvard skjønner ikke helt hva Rolf prater om, han har i alle fall ikke tenkt å dø med det første. Men det så morsomt ut å spa jord ned i hullet. Han løfter den store, tunge spaden og stikker den så hardt han kan nedi jorda. Spaden løftes og tømmes ned i hullet, rett på jentas kiste. En hul lyd, som forsvinner etter hvert som hullet fylles. Det er tungt arbeid, selv om han ikke spar på langt nær like mye jord som Rolf. Ikke vet Edvard hva monner er, men Rolf påstår at de drar.

Jordhaugen minker. Desto flere spatak, desto mindre virker spaden mellom fingrene.

XII

Den samme spaden plantes nedi jorda, nok en grav plombert. Tolv somre og vintre har både strukket og krympet de to hardtarbeidende kroppene. Rolf er tungpustet og setter seg ned på kanten av tilhengeren. En alarmklokke piper på håndleddet hans. Han tar ut en liten, hvit boks fra lommen. Ut plukker han en avlang, lyseblå pille, som svelges ned med innholdet fra en blankpolert lommelerke.

– Det er ikke mange årene før du sitter på min stein, skal jeg si deg.

Edvard hviler baken på den nyplantede steinen til den avdøde Fru Åse, som hun ble kalt. På tide, mente Rolf, hun var et hespetre. Sånn var det med den saken. Og når Rolf gikk til bruk av slikt ord, ja, da var det gjerne beskrivende og mer til. Han utdypet ikke hvorfor han mente at hun var det, men det fikk være hans privatsak. Den eldre mannen tar en liten slurk til, bare for å sikre at pillen sklir ned i systemet.

– Begynner å gå tom for batteri, kjenner jeg. Håper du er klar for å ta over butikken når det skjer.

Edvard tenner seg en sigarett og ser på Rolf med et mysende øye. Sola har farget den nylig myndige kroppen, som nå rekker godt over Rolfs hode. Trekkene har blitt klarere og øyenbrynene mer kompakte. Den kortermete, hvite skjorten avslører definerte muskler på en mager kropp. Han har gjort mange tung løft disse årene, spesielt siden Rolf har blitt plaget med både rygg og bein på sine eldre dager.

– Men hvis du fortsetter med det der kommer du til å starve av før meg.

Rolf rekker lommelerka over til Edvard, som tar et provoserende langt trekk av sigaretten før han smiler og tar imot.

– Du får la være å bli så mye feitere når du går av med pensjon, ellers må vi bestille en trippelbred kiste fra Goliath igjen. Og hvis du ikke allerede har blitt altfor tåkete, så husker du kanskje hvor dyre de var?

– Kiste? Nei, jeg skal vel ikke ha noen kiste. Jeg skal rett i ovnen. Og urne skal jeg heller ikke ha, pakk meg på et syltetøyglass. Bortkastet å betale en hel masse penger for noe man ikke får noe glede av. Men det må du selvfølgelig ikke si til noen, da kan du se langt etter inntektene.

Rolf graver dypt i en av de trange bukselommene sine.

– Her.

Han kaster en blankpolert Zippo-lighter over til Edvard.

– Gratulerer med overstått. Jeg er ikke så flink til å følge med på kalenderen, men bedre sent enn aldri, er det ikke det man sier? De sa den var av sølv, så da får vi bare stole på det.

Edvard vet ikke hva han skal si. Han hadde aldri fått noe av Rolf før, annet enn jobben, som selvsagt ikke var bare bare, men dette var en uvanlig og uventet gest.

– Planlegger du å dø snart, eller?

Rolf humrer.

– Ja, om man kunne planlagt det, så hadde det vært praktisk. Nei, jeg tror nok du skal få slite med meg en stund til, jeg har ikke tenkt å ta turen riktig ennå. De sier at det ikke tar av før man passerer sekstini, og det må jeg vel få med meg.

– Trodde du sa det tok av når man ble femtisju?

– Joda, det gjorde det, men kvelden er ennå ung.

Edvard speiler seg i den blanke overflaten. Han åpner og snurrer på flinten, en lyd han skulle komme til å høre i mange år framover. Tommelen dras over den rue langsiden før han lukker lokket og kveler flammen. Noe er inngravert i sølvet. Edvard ser nærmere og leser. En tynn liten skrift, i kursiv. Rolf ser at den unge mannen konsentrerer seg.

– Ja, det var bare noe jeg ba dem om å gravere inn. Vet ikke helt om det…

En stillhet mellom graverne. Ikke akkurat en pinlig stillhet, men en felles undring. Over teksten.

– Takk.

Edvard tør ikke prøve seg på en høylytt tolkning, og Rolf lar være å forklare. Det kunne være ungfolen hadde forstått, men tatt det unge ansiktsuttrykket i betraktning ville nok innholdet komme tydeligere frem med tiden.

Nærmest synkront kremter de høyt og skifter sittestilling, i hvert sitt forsøk på å lirke seg umerket ut av en øm sfære. Et tordendrønn i det fjerne fyller mangelen på ord. Rolf ser opp mot et mørkegrått teppe, sigende inn fra horisonten. De tunge skyene virker malplasserte på en ellers blå himmel.

– Nei, svarte..! Ser ut som vi får nok en byge.

Ei jente står ved en grav, noen rader bak Edvard. Øynene under solhatten veksler mellom å se ned på et kors og i retning de to karene. Rolf legger merke til henne og nikker til Edvard.

– Hadde ikke vært meg imot, men tviler dessverre på at hun ser etter meg.

Edvard snur seg og møter blikket til jenta. Hun viker kjapt med blikket og ser ned på graven igjen, vel vitende om at hun var for sein å trekke øynene til seg. Han drar så vidt kjensel på henne. Rolf kremter.

– Det blir ikke noe på deg hvis du blir sittende her. Jeg er ikke *så* glad i deg.

Edvard ser på den eldre mannen, med blikket festet i bakken. Enten *var* han døende, eller så hadde han flere lommelerker inni den grå jakken. Rolf merker at Edvard stirrer forfjamset på ham.

– Du har fem minutter på deg før det begynner å hølje. Kom igjen..!

Rolf smiler forsiktig og vifter ham bort. Edvard reiser seg og gjengjelder smilet. Han tar et siste trekk av sigaretten før den stumpes i bakken og begraves med skotuppen. Skjorta trekkes ned til buksekanten før han rolig legger i vei mot jenta. Rolf fortsetter å studere grusen. Han fnyser stille og rister på hodet, fortsatt med et skjevt smil om munnen.

Som en cowboy, bare mindre bredbeint og i mangel på hatt, nærmer han seg. Edvard kjenner igjen jentas smålutete og keitete beinstilling, som får overkroppen til å hvile skeivt på hoften. Han har ikke pratet med henne siden barneskolen, i sammenheng med et eller annet klasseblandet gruppearbeid. Noe med smådyr i fjæra å gjøre, etter det han kunne huske.

– Beathe, ikke sant?

Beathe rykker påtatt til, liksom overrasket. Hun har fulgt ham i sidesynet helt siden hun kom hit. Varmen stiger opp til ansiktet idet hun bretter opp bremmen på den litt for store, strågule solhatten. Han er akkurat så flott som han så ut på avstand. Hun hadde sett ham her mange ganger før, men det var først i bestefars begravelse sist måned at hun virkelig hadde sett hvilket støkke han egentlig var, der han sto med oppbrettede ermer, litt utenom gravfølget, klar til å bedekke kista med sleipfuktig jord. Minst tjue minutter brukte hun på å se an utringningen før hun tok turen i dag, for liksom å se til bestefars grav. Hun hadde bestemt seg for å gå for noe semi-avslørende, ikke mer enn en sublim, men tilfredsstillende kløft. Hun hadde lagt vekt på en kort, rød shorts i stedet, for hun visste at hun hadde ganske så greie lår. Men hun kjente at de skalv litt nå. Edvard følger opp.

– B-klassen på barneskolen?

– Hehe, jada. B for best..!

Beathe kjenner rødfargen trenge seg på allerede, det var slettes ikke den åpningsreplikken hun hadde planlagt.

– Trenger du hjelp med noe her, eller…?

Hun prøver å finne en plassering til hendene.

- Ja, nei, bestefar er dau. Død. Han ble gravlagt her for en måned siden, skulle bare sjekke at alt så greit ut. Og det gjør det jo, så.

- Bestefar Grete?

Beathe ser ned på korset. Skiltet tyder "Grete Pettersen". Bestefar Knuts grav ligger ved siden av. Det blir enda varmere i ansiktet. Dette skjer bare ikke. Hun begynner å peke ukontrollert mot bestefarens grav.

- Nei, ja, må se den litt på avstand. Perspektiv og sånn. Så, jobber du her, eller?

Beathe avsporer rødfargen før den tyter ut øynene.

- Ja, jeg er nok fulltids likør.

- Ja...

Må tenke fort nå, den skjønte hun ikke. For det måtte være en spøk, ingen kunne *være* likør. Det var en alkoholholdig drikk, ingen yrkestittel. Hva var det han...

- Som i servitør, vet du. Og montør. Siden vi jobber med døde folk, lik altså, så blir det... Så med andre ord, ja, jeg jobber her.

Dette gikk slettes ikke like bra som foran speilet. Til og med ute av stand til å ta den simpleste spøk. Hun hadde verken fått bedt ham ut på kino eller stilt noen av de spørsmålene hun hadde listet opp om interesser og musikk og sånn, men det fikk så være. Det var nok best å slutte før leken ble verre, spesielt siden det så ut til å bli regn snart også. Da ville det se passe teit ut med en solhatt. Ikke kunne hun ta den av heller, hun hadde tross alt ikke gjort noe spesielt med håret. Nei, hun hadde bare seg selv å takke, og fikk heller bare stille langt bedre forberedt neste gang. Det så ikke ut til at andre i slekten skulle krepere med det første, så hun fikk finne på en ny unnskyldning for å ta turen hit igjen. Å besøke bestefars grav nok en gang ville bare sende ut feile signaler, for var det noe gutter ikke likte, så var det sentimentale kjerringer. Ifølge det hun hadde hørt, i alle fall.

– Ja, nei, jeg burde vel egentlig bare komme meg av gårde. Må hjem å hjelpe mamma med vårrengjøringen. Eller ja, det er jo sommer nå da, men den ble litt forsinket. En del å gjøre, så...

– Du skal vel på kaiet i kveld?

Beathe har ikke peiling på hva som skjer på kaiet.

– Ja, klart det. Skal du?

– Ja, alle skal vel på konserten, vil jeg tro. Ane og folket skal vel også? Ja, du pleier å være sammen med dem, ikke sant?

Edvard kremter bort samvittigheten som prøver å bite til i magen. Han vet godt at Beathe vanker i samme venninnekrets som Ane. Bare hintet ikke ble for overtydelig, han har ikke lyst til å framstå som utspekulert. Men det ser ikke ut som om Beathe reagerer på det. Hun hadde uansett kommet til å ta med seg noen, hadde fort blitt skummelt uten. Og nå kunne hun i tillegg vise Ane og venninnene at hun hadde skaffe seg en date..! Kanskje hun ikke hadde gjort så forferdelig verst inntrykk likevel. Måtte være shortsen.

- Ja, joda, skal høre med dem. Når begynte den igjen, var det ikke...

Beathe drar på setningen, og håper han skyter inn tidspunktet hun later som hun har glemt før dette blir for pinlig.

- Det var vel halv ni, var det ikke?

- Ja, stemmer, det var det, ja.

- Men så bra, da. Da treffes vi sikkert der nede. Hør med resten av folket da, jo flere, jo bedre.

Han hadde mislikt seg selv hvis han hadde sett dette på film. En utspekulert og manipulativ person, som bruker andre for å oppnå egen gunst. Den typiske badguy, han som til slutt sitter igjen med en slikk og ingenting. Og det alltid helt fortjent. På den annen side, han hadde ikke gitt uttrykk for at de skulle gå på konserten alene, men mer som en samling av folk. Han hadde da ikke lovet henne noe som helst. Og hvis hun, av en eller annen grunn, skulle tro at det var en date mellom dem, så skulle han avvise henne, på en høflig og bestemt måte. Det var slettes ikke henne han var ute etter.

Edvard går tilbake og hjelper Rolf med å laste utstyret på hengeren, til lyden av regndråper som trommer mot søppelkasselokkene.

XIII

Kent Robin lar både fingrer og øyne gripe om metallet. Det er langt blankere enn da Edvard fikk se den for første gang. Nå kunne man nesten speile seg i løpet.

– Jeg har fått en kjenning til å restaurere den. Den var rustet omtrent overalt etter å ha ligget skjult i veggen i så mange år. Kostet meg litt, men det var verdt det. Ble mye finere. Man kan faktisk skyte med den også nå. Fikk til og med åtte kuler med på kjøpet, i fall jeg hadde lyst til å prøve den. Men har latt det være, så har gjemt dem bort. Ikke lov å skyte med noe sånt, vet du.

De store øynene har ikke forlatt pistolen ett eneste sekund. Kent Robin kjenner at det suger i magen. Edvard tar pistolen forsiktig fra Kent Robin, som ser at den forsvinner bak et skap under skrivebordet, pakket inn i det samme brune tøykledet.

– Du får holde på hemmeligheten. Ikke engang Beathe vet om den. Kvinnfolk er ikke så glade i våpen, vet du.

Et hvitt teppe trekkes av en død kvinne. Hun kan ikke være mer enn rundt tjue år. Edvard hadde planlagt å gå rett på sak med omvisningen og jobben. Jo fortere Kent Robin lærte hvordan ting skulle gjøres, desto fortere ville han være til nytte og ikke bare løpe i veien. Og så var det greit å vite, så tidlig som mulig, om han virkelig taklet denne delen av jobben, så slapp Edvard å bruke flere dager på opplæring til ingen nytte. Han hadde fått tid til å tygge på det over natta, og det skulle faktisk bli godt med litt ekstra hjelp. Og litt ekstra selskap. Men den innrømmelsen skulle han holde for seg selv.

Det platinablekede håret, som hvis falskhet avsløres med en halv centimeters brunrød ettervekst, blender seg sammen med hudtonen rundt nakken og skuldrene. Den unge jenta sender et avslappet blikk i taklampa. Kent Robin prøver å kontrollere rykningen i knærne. Øynene hans har låst seg fast i gulvet. Han vet ikke om han skal tenke mest på om hun er død eller naken, da det er hans første erfaring med begge deler.

– Vi begynner med disse. Løfter du opp høyrefoten hennes?

Edvard holder opp et par svarte jeansbukser. En rolig jazzlåt fyller det kalde rommet med improviserte toner. Rommet har ikke forandret seg mye fra første gang Edvard var her inne. Benken og kista har samme, vante plass, bare noen hyller og skap har blitt flyttet av praktiske hensyn. Det har også blitt en smule renere i kriker og kroker med årene, men det var ikke Edvards verk.

Kent Robin blir stående helt stille. Spørsmålet nådde ikke gjennom den paralyserte fasaden.

– Kom igjen, ikke verre enn å ta tak og løft. Det er bare en legg.

Kent Robin tvinger øynene opp. Han tørker de kaldsvette håndflatene mot bukselåret og manner seg opp. Leggen så da egentlig ikke så skummel ut, verken råtten eller veldig misfarget. Bare hvit. Det eneste er lukten. Som om noen nettopp har åpnet en pakke med kokt skinke. Kent Robin løfter, og prøver å holde blikket unna skrittet til jenta. Det ville vært skikkelig ekkelt å se. Og litt spennende. Men nei, begravelsesagenten kunne sikkert se at han så, og da ville han sannsynligvis tro at han var rar og gi ham sparken. Kent Robin holder leggen og ser ned på skotuppene sine. De røde og svartstripete joggeskoene er fulle av hull, men han kunne forhåpentligvis kjøpe et nytt par til høsten. Bare han klarte å la være å stirre. Han kunne også tenke seg en ny terrengsykkel, en Everest 8848 Race Karbon. Intet mer, intet mindre. Men en slik kostet nesten tretti tusen. Han hadde spart opp litt fra konfirmasjonen, men investeringen ble nok ikke realitet før til neste år, om ikke året etter der igjen. Edvard trekker på det ene buksebenet.

– Se på halsen hennes.

En tynn, mørk strek går rundt jentas hals, tett oppunder haka, for så å falme lenger opp bak ørene.

– Hun ble funnet hengende sammen med klesvasken. Trist historie. Bra for oss.

Kent Robin ser overrasket opp på Edvard.

– Ja, nei, en spade er en spade, som de sier. Vi er avhengige av at folk dør, ellers har ikke vi penger til mat. Og uten mat dør jeg. Og da har ikke du noen sommerjobb.

Han smiler til Kent Robin, som har løftet opp den andre leggen. Edvard trekker buksa oppover beina. Det trange stoffet krøller huden på veien opp, men ved litt vrikking og vriing går den sakte men sikkert opp hoftene. Nå måtte han ha lov til å se, det var jo en del av opplæringen. Øynene følger buksekanten på vei mot det aller helligste. Han gruer seg litt, men gleder seg veldig. Og der var den. Men, fy svarte..! Han visste ikke at det var mulig å ha rødt hår der også. Noe sånt hadde han aldri sett, og han var slettes ingen fremmedmann på internett. For det meste svarte dotter å se. En hvit og en brun i ny og ne, men aldri rødt. Det var visst fortsatt mye han skulle komme til å lære i tiden som kom. Den tilsynelatende, nylig friserte hårstripen forsvinner bak knappene, til Kent Robins skjulte skuffelse. Buksa sitter etter hvert der den skal.

– Men selvfølgelig, de døde skal behandles med respekt. Ikke på grunn av den døde selv, men på grunn av de som blir igjen. Det er slettes ikke alle som ser døde mennesker som vi gjør, og som faktisk forstår at det ikke er noe der inne, selv om det ser ut som den samme personen som levde for noen dager siden. Og det må vi respektere. For dem er dette fortsatt Edvin, Gunnar eller Lise, ikke bare en haug med skinn og bein. Så når vi snakker med pårørende, så kaller vi henne Lise. Og det er derfor vi gjør dette, så Lise skal se fin og grei ut til mor og far skal se på henne en siste gang. Kom hit litt.

Edvard stiller seg bak overkroppen hennes og plukker opp en lyseblå kneppskjorte. Kent Robin følger på.

– Løft overkroppen hennes opp, akkurat som om hun sitter.

Kent Robin tar en liten kunstpause før han stikker fingrene under skulderbladene hennes. Hun er fortsatt myk, sikkert nesten slik hun var i ekte livet. Tenk, han tar faktisk på et lik. Et nakent tjueåringsjentelik. Fytti grisen. Gjett om han kommer til å bli populær i storefri til høsten. Jenta sitter lettere henslengt på benken, skolt mot Kent Robins svette håndflater, med både hode og armer hengende ned mot benkflaten.

Kent Robin drar kjensel på sittestillingen. Fra parken, hvor han pleide å leke som liten, i alle fall en kort periode. Med årene hadde parkvesenet blitt avslørt som skremselspropaganda, men skapningen som ga opphav til fabeldyret fortsatte å øke i antall. Det spisset seg bokstavelig til da en av naboguttene stakk barfoten på noe i gresset. Dagen etter ble parken klassifisert som narkogetto, hvor triste skjebner lå og fløt i gresset mens de kastet fra seg både sprøytespisser, knuste flasker og all slags livsfarlig avfall. Ungene ble skodd med dobbel såle og henvist til inngjerdede, kommunale lekeplasser for resten av sommeren. Noen av foreldrene begynte med aksjoner som "Ta tilbake parken" og "Barnåler er spisse nok", men interessen i foreldregruppa døde fort ut til fordel for aksjonen for et nytt svømmeanlegg. Parken hadde den dag i dag blitt tømt for utysket, som mamma hadde sagt. De siste årenes aksjoner og tiltak hadde tvunget handelen ut fra busker og trær, men selv om situasjonen nå hadde fått tak over hodet, så hadde den ikke blitt særlig bedre. Heller tvert om, men den var i alle fall ikke synlig lenger. Parken på sin side, som et taust og uskyldig offer oppi det hele, sto nå forholdsvis ubrukt og tom, siden ingen ville bli mistenkt for å være de siste gjenværende av en bortdrevet folkegruppe.

- Flott. Ikke alltid like enkelt å få på dem fillene, folk blir dessverre litt stiv i muskulaturen når de legger inn årene. Egentlig pleier vi å kle gjestene våre opp i sånne hvite standardklær som du ser borti skapet der. De er klippet opp bak, slik at de er lettere å få på. Men noen pårørende ønsker gjerne at den avdøde skal ha personlige klær på seg, som Lise her. Og da må vi begynne å løfte og styre. Andre i bransjen klipper sikkert opp disse klærne også, men da faller poenget igjennom i mine øyne. At man nærmest jukser de pårørende, hvis du skjønner?

Skjorta er påkledd begge armene. Edvard gir tegn til Kent Robin om å legge henne ned igjen. Løftet tok på for de forholdsvis utrente armene, som han hadde skrytt på seg under jobbintervjuet i går. Motvekten var uventet tung i den stive kroppen, selv om jenta var aldri så mager. Han rister håndflatene diskret bak ryggen, slik at begravelsesagenten ikke skal mistenke ham for å være en pingle. Han kunne kanskje få sparken i så fall. Edvard går bort til en kiste i enden av rommet.

– Hvis du gidder å kneppe sammen skjorta hennes, så byr jeg på et glass iste etterpå. Jeg må bare få gjort i stand interiøret her før vi legger henne nedi.

Kent Robin ser på den halvåpne skjorta, rammende inn jentas fordeler. To av dem. To helt ekte pupper. Ufattelig sykt, bare en halvmeter ifra. Til sin store forvirring kjenner Kent Robin en rykning i underlivet. En liten sådan, men hun var tross alt død. Han blir både kvalm og flau av seg selv.

– Å, kom igjen, hun bryr seg ikke.

Selv i sidesynet er tvilen i det unge ansiktet tydelig. Edvard smiler. Han kjenner seg igjen, og det var naturligvis derfor han overlot denne delen av jobben til Kent Robin. Han hadde gjennomgått samme ilddåp hos Rolf, da han plutselig en dag, etter stort sett å ha klippet plen og ryddet skap det meste av tiden, ble satt til å kle på en eldre dame. Rolf måtte nemlig gjøre et plutselig ærend, om det var sannheten eller ikke, men han forlot den knapt ni år gamle gutten med en hvit bukse og skjorte, et gammelt, skrukket lik og beskjeden om å kle på henne til han kom tilbake. Edvard hadde sett på når Rolf gjorde dette, opp til flere ganger, så han visste hvordan det skulle gjøres. Han hadde bare ikke tatt så mye i de døde før. Men da Rolf kom tilbake hadde den gamle damen fått på seg klærne, så godt som mulig i alle fall. Rolf hadde nemlig gitt Edvard klær som var to størrelser for små, med hensikt eller ikke. Strabasene hadde krevd betydelig sliting og dytting på den passive kroppen, noe som hadde gitt ham en real ilddåp i gamet. Naturlig nok kunne hun ikke se ut som en spreng larve til likskuet, så de hadde kledd henne opp i mer romslige klær i fellesskap. Så selv om

Kent Robins oppgave ikke var like utfordrende, så var tanken den samme.

Kent Robin samler seg, det er nå eller aldri. Han dobbeltsjekker at den dresskledde mannen er opptatt og fisker fram mobilen fra lommen. Med telefonen hengende ned langs låret navigerer han fram til kamerafunksjonen. Han løfter den skjelvende hånden og sikter mot jenta. Bildet tas. Med blits. Til sin store fortvilelse har han glemt å slå av denne funksjonen, som lyser opp hele rommet i et brøkdels sekund.

Edvard titter opp fra kista. Kent Robin legger mobiltelefonen bak jentas hode og later som han plages med kneppingen.

– Blinket det?

Edvard ser opp i taklampa. Kent Robin nikker veldig.

– Ja ja, sikkert noen som driver med arbeid på ledningen.

Edvards blikk går tilbake ned i kista. Han har ikke lyst til å spore av Kent Robin i arbeidet, han får klare seg selv til jobben var gjort.

Kent Robin puster ut. Han plukker varsomt opp mobilen igjen og ser på bildet. Ikke helt optimal komposisjon, men det fikk duge til å være første gang. Mobilen går tilbake i lommen, og Kent Robin tar til å gjøre oppgaven han ble satt til. Fotoseansen har fått svetten til å piple ut i pannen, til tross for temperaturen i rommet, og hendene er såpass klamme at det å kneppe igjen en knapp blir vanskelig. Og at puppene er bare centimeter fra hendene hans hjelper ikke på, enn hvor hvite og døde de er. Han vurderer å ta på dem, bare et lite, tilfeldig dytt med fingeren, men han var da ikke psyko heller.

Kent Robin opplevde nå og da å skjemmes av egne tanker, tankene som dukket opp i bare noen sekunder for så å forsvinne igjen. Som at han noen gang skulle ønske at farfar bare kunne dø slik at han fikk arvet den fete kikkerten hans. Eller tanken på å skyte mannen bak disken på Statoil med en avsagd hagle, bare for å se hva som skjedde. Noen ganger trodde han at han var helt syk i hodet, men så forsvant tankene like fort som de kom. Og da glemte han hele greia, hilste på mannen bak disken og betalte for potetgullet. Han hadde god fantasi, det hadde han blitt fortalt flere ganger. Noen av klassekameratene mente at Kent Robin burde begynne å lage film etter at han og bestekompisen hadde hatt klassevisning av særoppgaven sin. De hadde fått lov til å samarbeide om å lage film av Snorre Sturlasons liv, og hadde blant annet funnet fram en nissemaske, skinnlue og et pledd for å kle seg ut som Snorre. En fortellerstemme serverte fakta fra livet hans, skildret og visualisert av Kent Robin i dette kostymet, stort sett løpende rundt i skogen og langs naturstier. De fikk fire pluss, noe de burde være fornøyde med i følge læreren, for det hadde unektelig vært en del ufaglig tøv innimellom faktasekvensene. Kent Robin hadde blitt frarådet av mamma mot det å bli filmskaper, selv om både hun og pappa var stolte over både filmen og karakteren. Filmskapere levde visstnok bare på kokain og knekkebrød, og var som oftest altfor utagerende og rastløse til å fungere i et normalt familieliv.

– Håper ikke lukta plager deg. Du kommer uansett ikke til å merke den om en ukes tid. Hvis ikke kjølesystemet ryker igjen. Skjedde for tre-fire somrer siden. Da ble til og med jeg litt småkvalm. Er du ferdig?

Edvard snur seg og ser på Kent Robin, som akkurat har rukket å sette seg på en treskammel ved prepareringsbenken, som om han skulle ha vært ferdig for lenge siden.

- Flott, det var kjapt, da kan vi bare få henne oppi. Hvis du tar tak i armene, så tar jeg føttene. Hun er ganske lett, så det skal gå helt fint.

Kent Robin føler seg mer bekvem i arbeidet allerede og tar et godt tak rundt begge håndleddene. Edvard bretter opp nedre del av ermene.

- En gang hadde vi en ganske så fyldig kar som skulle i jorda. Begynner å bli en del år siden nå, men kan være du vet hvem han var. Helge Rørvik? Hangar-Helge som han ble kalt, husker du ham? Pleide å stå nede ved... Nei, du er for ung. Uansett, han var ikke bare fyldig, men kjempefeit. Måtte få tre brannmenn hit for å hjelpe til. Spesialbestilt kiste og greier, dobbel bunn, full pakke. Vår første og eneste så langt. Men denne damen skal gå fint. Klar? En, to og...

Hun er tyngre enn Kent Robin forventet, og de fortsatt klamme håndflatene mister fort grepet rundt håndleddene hennes. Han kan høre suset idet hun forlater grepet hans. Kent Robin pleide å spise mye nøtter rundt juletider, spesielt de store, lysebrune han aldri husket navnet på. Smaken var god den, men det mest tilfredsstillende var selve knekkingen. Å legge den feite nøtta i nøtteknekkeren og skvise til, gjerne sakte, slik at det knakk mest mulig. Lukten av pinnekjøtt sniker seg inn i nesen til lyden av jentas bakhode mot det flisbelagte gulvet.

- Heisann... Der gikk hun visst i gulvet. Bare å ta det med ro, hun er ikke den første.

Kent Robin er fortsatt satt ut av den morbide, men samtidig småkoselige lyden, så flausen har foreløpig ikke fått tid til å gjøre seg markant i det forfjamsede ansiktet.

- Hun skal tross alt ligge med ansiktet opp. Vi prøver igjen.

De har snart fått jenta ned i kista og plassert den bak i likvogna som står parkert utenfor. Kirkegården er nokså tom så tidlig på dagen, kun besøkt av et par eldre venninner som står og prater ved porten, begge med hver sin sykkel. Ut fra de smilende ansiktene å bedømme, så går praten om det fine været de har i dag, hadde i går og har hatt den siste uken. Og om hvordan det kommer til å bli i morgen og i dagene framover. Edvard lukker igjen bakluka på vogna og begynner å lete i lommene.

– Nei, faen, tror jeg glemte nøklene hjemme i morges.

Edvard merker at øynene til Kent Robin blir større enn vanlig.

– Joda, det er lov til å banne på kirkegården. Bare prøv.

– Nei, jeg...

– Å, kom igjen, da.

– Faen..?

– Nei, kjør på, du klarer mer enn som så.

– Svarte faen..! I helvete!

– Nå snakker vi.

En eldre skikkelse kommer slentrende mot dem. Han bærer på noen malingsspann og et par koster. Edvard smiler.

– Nei, se der har vi maleren.

Den eldre mannen setter ifra seg malingsspannene, putter de grønnfargede kostene oppi og bøyer seg bakover for å strekke ut ryggen. Et dypt grynt høres, før han retter seg tilbake igjen.

- Dette skrukketrollet er Rolf. Det var han som lurte meg inn i bransjen. Han pleide å styre butikken for en stund siden, og så tok jeg over den dagen han ble for skrøpelig.

Rolf fnyser og prøver å skjule smilet.

- Skrøpelig kan du være selv. Hvem er det egentlig som gjør all drittjobben her?
- Frivillig drittjobb, kalles det. Han klarer ikke rive seg vekk fra gården, finner stadig på nye unnskyldninger for å være her.
- Og om ikke lenge blir jeg her for alltid. Nei, de benkene har ikke vært malt siden jeg ble født, på tide det blir gjort noe med dem.
- Trodde ikke hulemenn satt på benker..?

Rolf ser ned på Kent Robin som står og smiler.

- Bare lat som du ikke skjønner, så slipper du unna de dårlige vitsene.

Edvard setter seg inn i vogna.

- Nei, jeg tror nesten jeg må dra nå. Jeg er...

Han tar seg til lommen.

- Det var sant ja. Gidder du å hente reservenøklene? De henger på en liten knagg ved langskapet i kontoret. Henger et sånt stygt, lite lykketroll på dem, avbitt nese.

Kent Robin nikker pliktoppfyllende og småløper tilbake til annekset.

– Klarte selvfølgelig å glemme nøklene hjemme.

– Over førti år yngre og allerede mer tøvete enn meg. Ja ja, ungdom er en feil som forbedrer seg dag for dag. Men denne gamla har vel sett sine bedre dager, er vel like før hun konker ut tipper jeg. Hun krangler i alle fall nok med meg.

– Ja, hun har blitt litt grinete med årene. Ennå ikke funnet noen som kan levere deler til henne. Hun har vel gått ut på dato for lenge siden. Får bare kjøre på til hun ramler sammen.

– ...sa brudgommen.

Rolf kremter et par ganger, som han alltid pleier å gjøre for å runde av spøkene sine.

– Sa jeg forresten det? Kent Robin kommer til å være her ut sommeren. Hjelpe til med forskjellig. Jeg tenkte kanskje du kunne gi ham en liten omvisning mens jeg er borte? Og vise ham hvor plenklipperen står etterpå.

Han smiler til Rolf, som etter en liten stillhet begynner å nikke sakte på hodet, med et halvhjertet smil om munnen. Edvard har sett denne nikkingen flere ganger det siste året, den lyvende nikkingen som prøver å overbevise han om at den gamle mannen husker. Edvard har latt være å si noe, selv om nikkene har kommet hyppigere den siste tiden. De fikk bare ta det som det kom, begge to. Rolf kjørte fortsatt vogna nå og da, noe som antakeligvis ikke var helt heldig, verken for seg selv eller andre bilister. Sist måned hadde det ene frontlyset vært knust etter han hadde lånt vogna. Rolf hadde ikke nevnt det, noe som var ulikt ham, selv om det hadde vært hans egen skyld. Og hvis Rolf begynte å bli tullete, så skulle han ikke befinne seg på veien, både for sin egen og andres del. Det kom til å bli tungt å høre, samt ytre frampå. Det fikk komme i den rette sammenhengen. Inntil da fikk Edvard spille på lag.

– Ja, jeg satte den under blåtaket bak annekset sist jeg brukte den.

En liten lettelse dukker opp i Rolfs ansikt, og et ekte, spydig smil kommer igjen til syne.

– Ja, du har jo alltid pleid å sette den igjen overalt. Det er der den skal stå.

Rolf fisker fram en gjenkjennelig lommelerke fra brystlommen. Den er ikke større enn at den rommer mer enn fem-seks munnfuller, og Edvard vet at Rolf bare sovner hvis han drikker for mye, så han har latt ham holde på slik han vil. Han kunne nok ikke overtalt ham til slutte uansett, og det var vel ingen grunn til at han skulle prøve. Edvard hadde sin last i sigarettene, og behovet for motivasjon ble nok større dess eldre man ble. Han hadde handlet inn en ukentlig Amundsen til bestemor i tiden etter at hun mistet venninnen sin, som skulle vise seg å ha vært hennes svært uoffisielle livsledsager og elsker gjennom flere år. Han hadde vel hatt en mistanke, men det var noe hun aldri selv brakte på bane, og da skulle han spare henne for bryet med å prate om det. Og det var vel egentlig ikke noen grunn til å prate om det heller. Så lenge hun hadde vært lykkelig i tiden etter bestefar, og kanskje til og med lykkeligere i sitt sanne jeg, så trengte han ikke vite mer. Før venninnen tok følge med fergemannen hadde det holdt med en månedlig flaske, bare for kosen og ryggen sin skyld, men han skjønte godt at det ble behov for et ukentlig dytt i ryggen i tiden etter. Det å besøke polet var en stor skjemsel for de av hennes generasjon, spesielt når det ble så ofte som en gang i uka, så han hadde påtatt seg å kjøpe flaskene for henne. Og han tok seg bryet med å bytte ut polposen med en diskrét, hvit handlepose før han leverte flasken hos bestemor. Det ble sekstifire flasker totalt. Nummer sekstifem drakk han selv.

– Og hjertet dunker fremdeles?

Rolf dunker seg til brystet.

– Som aldri før. Sterk som et lokomotiv. Ble mye bedre etter at jeg gikk over på de der nye pillegreiene. De smaker hest, men det er bare å svelge etter med egen medisin.

Rolf tar nok en slurk av lerka, lar væsken ligge og ulme i munnhulen i noen sekunder før han presser den ned. Det hendte at svelget lot vente på seg, noen ganger opptil flere minutter, men det var vel mer på grunn av nytelse enn glemsel.

– Nei, du må nok slite med meg en stund til.

– Det er bra. Annekset kunne trengt et par nye strøk før du kryper under torva.

Rolf fnyser og nikker ned mot høyrefoten. Stiger har aldri vært noen favoritt. Han ville ikke innrømme at han hadde høydeskrekk, men la i stedet skylda på den gamle økseskaden, som, i følge hans egne ord, gikk i krampe undrer statiske stillinger.

– Husk at jeg har reservert plass ved de skjeve bjørketrærne. Ikke prøv å grave meg ned ved parkeringsplassen, da hjemsøker jeg deg hver eneste dag. Så hvis du synes jeg er masete nå, bare vent.

Edvard nikker. Rolf hadde skrittet opp sitt utvalgte gravsted opptil flere ganger, så det var ikke til å ta feil av hvor den gamle mannen ønsket seg i jorda. Bjørketrærne var ikke særskilt pene, stående ustrategisk til i forhold til både vind og gressklipping, men dreneringen i jordsmonnet var nok bedre der enn andre steder på kirkegården. Edvard venter på å høre begrunnelsen for valg av gravsted atter en gang:

– Jeg skal ikke ligge i halvråttent selskap, det blir jeg ikke å trives med. For du vet jo hvordan gjestene ser ut borte i felt B.

Dessverre gjorde han det. Det verste han visste var å grave i felt B, helt siden han som ungdom hadde kommet for tett innpå naboen da han skulle grave ut en ny grav. Skuffen slo hull på kisten ved siden av, hvorpå en geléaktig kvinnehånd hadde slidd ut fra det forholdsvis store hullet i treverket. Gjørme ga langt fra det beste grunnlaget for forråtnelse, noe som var tydelig eksemplifisert av den nesten intakte hånden. Edvard gikk nesten i bakken av lukta alene, og kunne antakelig gått i bakken for godt hadde det ikke vært for at Rolf dro ham bort fra stedet. Fortsatt svimmel ble Edvard forklart alt om giftige gasser som formet seg i kistene under jorda, før de etter lunsj våget seg bort for å dekke til skadene.

Edvard ser den gamle mannen riste bekymret på den snart tomme lommelerka.

– Jeg skal på sjørøvertur til Sverige i morgen. Skal jeg kjøpe med et par flasker til deg så du får fylt på?

– Åja, du fyller skattekista med sterkvann?

– Ja, blant annet. Skal handle inn til bryllupet til… til Ane, hvis du vet hvem det er? Så det blir nok full last.

De kunne snakke om det meste disse to, men dette var noe Rolf hadde bestemt seg for å styre unna. Dels fordi han ikke ville plage Edvard med å være snokete, og dels fordi han ikke visste hva han ville gi til råd. Han hadde fått med seg godt med bagasje opp gjennom årene, men det var fortsatt ting han ikke kunne gi svar på. Til tross, det var ikke vanskelig å fornemme det kjølige forholdet mellom Edvard og hans kone. Rolf visste godt hvem som fikk Edvards lange blikk, og skulle mer enn gjerne rådet ham til det ene og det andre. Hadde det ikke vært for den lille jenta midt i det hele. Selv hadde han aldri skaffet seg barn, så å gi noen råd på dette området var som å skyte i blinde. Det hadde vært nok av kvinnelige bekjentskaper opp gjennom årene, han hadde ikke ligget på latsiden der, men det med å stifte familie hadde han aldri fått seg til å gjøre. Ikke det at kvinnene i hans liv hadde vært dårlig skikket, sikkert ikke, men det var helst det å skulle overføre sitt eget vesen over på noen andre som var skummelt. Det var ikke det at han ville reservere tiden sin til fest og fanteri, noe han for så vidt ikke gjorde mye ut av uansett, men det var noe annet som sto i veien. En tvil om det å være tilstrekkelig. At barnet skulle komme til verden og ikke få det slik et barn burde ha det. Det var umulig å vite om han kunne bli en god far. Og hvis han ikke visste det, så ville det å få barn kun være en egoistisk tanke. På den annen side, han kunne ikke vite om han taklet farsrollen før han hadde prøvd. Tankesirkelen var vanskelig å komme ut av, og årene hadde gått fort mens han prøvde. Det var ikke før han var godt over femti at det skjedde. Ikke på den måten han hadde sett for seg, og ikke så rent tilfeldig heller. Plutselig hadde han pådratt seg et slags deltidsansvar for en liten gutt, en liten aspirant, som unektelig kom til å bli noe formet av hans påvirkning med årene. Og det hadde for så vidt gått greit etter det han kunne se. Han hadde i alle fall gjort så godt han kunne for denne lille karen, vist ham det som kunne vises, fortalt ham det som kunne fortelles. Det var da uunngåelig å føle seg utilstrekkelig når det dukket opp ting han ikke kunne hjelpe den nå voksne gutten med, selv om det dreide seg om ukjent farvann.

- Du får seile pent og pass deg for loven. Ta med deg en flaske til for bryet, jeg spanderer.

Kent Robin kommer løpende ut med nøkkel og lykketroll mellom fingrene. Edvard smiler til Rolf.

- Takk, men det blir nok mest brunt på meg, sterkvann er ikke helt min greie.

14

Edvard bøtter bunnslammet i spritflasken. Tålmodig lar han de siste dråpene dryppe ned på tungen. Det er så vidt han holder seg på benken der han sitter og dingler med føttene over jenta. Hun er uaffisert av hans pubertale oppførsel.

– Det ser ut som du fryser.

Likegyldig til det fraværende svaret, reiser han seg opp fra benken og stabler seg på beina. Spritflasken legges så varsomt som mulig ned på asfalten, før han prøver å innhente balansen i kurs mot vogna.

– Joda, jeg tror du fryser.

Han røsker opp bakluka på vogna og knepper opp dressjakken. Den hvite skjorta under er dekket av mørke, sporadiske flekker. Det er størknet blod. Han husker godt hvordan det havnet der. Blodet som rant og tennene som forsvant. Den dirrende kroppen minner han om episoden. Nummen, men tilfreds.

Kista dras ut og tømmes for innhold. Flasker og kartonger slenges inn og ender opp i en stor haug baki vogna. Han snur kista på høykant og slipper løs den friflytende spriten over asfalten. De edle dråpene spruter alle veier.

– Dette må du ikke si til noen... Sverger du?

Han ser bort på jenta og retter opp kista igjen.

– Flottings, greit. Dette er smuglerkista mi. Ja, ja..! Du skjønner, jeg og Beathe skulle arrangere bryllupet til... til noen folk, og så skulle vi lage en stor fest, kaker og alt sånt jævelskap. Sånn til bryllupsgave fra oss. Og for å spare noen dineros tok jeg turen over grensa for å handle hos søta broder, som så många gånger förut.

Edvard tar tak i kista og trekker den mot seg, i et forsøk på å få den ut fra vogna og ned på bakken. Han prøver å være så forsiktig som han kan med det dyrebare treverket, men innser fort at kista er for tung til at han klarer å løfte den ned på egenhånd. Det ender med at han drar den av festet og lar tyngdekraften gjøre resten av jobben. Kista lander med et brak, fortsatt med det tykke treverket inntakt.

– Heisann..!

Han ler litt for seg selv mens han i ren refleks begynner å ordne på slipset, som han pleide å gjøre etter nødvendige strabaser i finstasen. Hvis ikke slipset satt, så kunne man bare glemme at noen tok en seriøst. Det var noe av det første Rolf lærte ham. Og hvis du ikke ble tatt seriøst i denne bransjen, så kunne du like godt bruke slipset til noe annet, hvis han skjønte hva han mente. Og det gjorde Edvard, men først noen år etter, da de fikk inn en jevngammel gutt som hadde brukt slipset til nettopp dette. Det var også da, ved synet av en død gutt på hans egen alder, at Rolfs påstand virkelig fikk en betydning. Man kunne faktisk dø når som helst.

– Ingen tollere gidder å sjekke oppi her, tror du vel? "Hei, du, få se oppi kista, mister!" Tror ikke det, nei..!

Jenta viser ingen større entusiasme over historien hans.

– Ja, sant? Nei, jeg er ikke så dum, skal jeg si deg...

Han drar kista bortover mot benken. Den ubehagelige lyden av treverk mot asfalt ignoreres av den ivrige begravelsesagenten. Vel på plass åpner han lokket. Bortsett fra noe dødgang mot høyre, så går løftet bemerkelsesverdig smertefritt, og jenta ligger omsider pent og pyntelig nedi kista. Stoffet er gjennomtrukket av sprit, men mykt endog. Han smiler fornøyd, som så mange ganger før ved skuet av et perfekt dandert lik. Selv om han ikke hadde nevneverdig respekt for den døde kroppen i seg selv, så var han stolt av å kunne gjøre det pent nedi kista. Det var på en måte hans domene, hans krone på verket. Og hvis folk trodde han var homofil av den grunn at han likte å dandere silkeputer, så var det uten tvil det beste komplimentet noen kunne gi ham. De var kjent for å være flinke til sånt. Han hadde selvsagt fått med seg samtlige sesonger av "Six Feet Under", som enhver begravelsesagent med respekt for seg selv, så det visste han. Selv om han var en standard, heterofil mann, så turte han gjerne å innrømme at Keith var en relativt kjekk kar. Men han var heterofil, altså.

– Behagelig? Ja, det vil jeg tro. En av de beste kistene som finnes på markedet, dette her. "La Pieta Poplar". Poppel, solid, svak rødlig, i samme slekt som osp. Beiset i mørk mahogni, håndglanset. Hvitgyllent kreppinteriør. Ja, ja, ja..! Den var egentlig til en eller annen slektning av en kaksefamilie i Stavanger, som de ville ha begravd her, siden det var her personen ble skvist ut, men det ble mye tull med slektningene på morssiden, at de mente at personen burde gravlegges der han bodde, eller noe sånt.. Hvem bryr seg? Lenge siden. Mye mas. Tjas og mas.

Uansett, den har vært smuglerkista mi siden da. Ingen andre som har råd til den, og man taper på å levere den tilbake, så...

Edvard holder kjeft idet han begynner å kjede seg selv. Neste sigarett plukkes opp av pakken og fyres på med bemerkelsesverdig presisjon, med tanke på resten av den sjanglende kroppen. Han trekker ned og holder på røyken i et ettertenksomt sekund, før han dytter den ut igjen i et langt utpust.

- Jeg kjørte nesten over deg, du. Ja, nei, ikke at det hadde betydd noe, men...

Kroppen hans står plutselig stille, verken sjangling eller snøvling.

- Du, hvor er jeg egentlig? Og hva gjør du her? Det er vel en grunn til at vi.. Ikke sant? For jeg vet hvem du er. Ja, jeg gjør det. Det må være deg.

Neste trekk er enda roligere enn forrige. Han følger røyken med øynene, opp mot den fortsatt helgrå himmelen. Ingen biler, ingen fugler, ingen vind. Når det blir så stille kan man ofte høre en uling i ørene, som faktisk kan bli så høy at det gjør vondt. Noen mener det er lyden av ens eget blod i bevegelse, andre mener at det faktisk aldri kan være helt stille, og at det er denne lyden, lyden under alle de andre lydene, man hører.

- Faen ta deg!

Edvard bryter ut fra sitt stille sinn, og slipper løs en serie med spark mot den uskyldige kista. Han sparker til han kjenner tærne be om nåde. Det er ikke ofte han banner, men når han først gjør det, så er det en grunn. Sjelden grovere enn faen og helvete, men banning like fullt. Han pleide å si hestkuk på barneskolen, men det tok bestemor affære med. Første gang hun hørte han nevne ordet tok hun han sporenstreks med til en bondegård og viste ham hva en hestkuk egentlig var. Og da skjønte Edvard at det ikke var noe pent å gå rundt og si. Så det hadde blitt med faen, og noen ganger et påfølgende helvete hvis det var noe ekstra galt.

- Faen i *helvete!* Hadde det ikke vært for deg, så hadde jeg ikke vært her nå! Jeg hadde vært...!

Han sluker sine egne ord, noen kunne kanskje høre han. Eller tydeligvis ikke. Det sukkes tungt, det type sukk som henter fart helt nedi magesekken. Et oppgitt smil avbrytes med nok et trekk av sigaretten.

- Det burde ha kommet noen nå.

Veien er fortsatt like tom i begge retninger. Bare fartsstripa markerer at det faktisk finnes en sivilisasjon der ute et sted. Men ikke her. Bare en veldig liten én. Han snur seg og går mot vogna.

- Jeg tror jeg tar turen inn og varmer meg litt. Dumt hvis jeg fryser i hjel, bare plass til én oppi der, ikke sant?

Ikke engang et sympatisk, lite smil. Virker kjent.

- Du får ha takk for praten.

Han lukker kistelokket før han slentrer bort til vogna. Mørket har begynt å senke seg, slik at kisten blir stående på spottet utstilling i lyset fra lyktestolpen.

Jazzlåten fra kassettspilleren skrur opp temperaturen i den trekkfulle likvogna. Han trommer urytmisk med musikksporet for å få blodsirkulasjonen til å gå, men blir avsporet av en smal, mørk stripe gående nedover over kjøleanlegget. Han fikk tydeligvis ikke med seg alt i vasken, enda han hadde gjort den så grundig som mulig. Det størknede blodet flasser av i møte med tommelneglen. Flakene faller ned på gulvet. Det hadde blitt uvanlig mye med blod i det siste.

Noe avbryter ham i arbeidet. Forhøyet over jazztonene, den samme lyden som da han dro kista etter asfalten og bortover til jenta, bare nå i en kortere og svakere utgave. Det er den første lyden han har hørt på rasteplassen som han selv ikke er skyld i, med unntak av de evinnelige skrikene. Han skrur ned jazzen og ser i kjørespeilet. Lokket på kista er åpent. Han er sikker på at han lukket det. I alle fall ganske sikker, han hadde tross alt en knapp liten Absolut Vanilia innabords, den typen Absolut han virkelig ikke likte, men som Beathe bestilte fem flasker av. Det skulle visst stå fint til bruden i hvitt.

Frostrøyken fra pusten hans har blitt tykkere. Joda, han er sikker på at han lukket igjen det kistelokket, som nå står på vidt gap. Det var ingen vind her, og det skulle uansett mer til enn vind for å løfte det tunge lokket. Huden blir atter en gang frossen og ruglete, hele veien opp bak ørene. Lyskjeglen fra lyktestolpen avslører ikke annet enn den mørkebrune, åpne kisten. Alt annet gjemmer seg i mørket.

Øynene glir fra kjørespeilet og over mot hanskerommet. Han hadde ikke engang tenkt på den siden han havnet her, men plutselig lokker innholdet bak panelet noe veldig.

XV

Det må være en trønder. Kent Robin er bra sikker. En bart av lignende kaliber fantes ikke andre steder i landet. Mannen fikk seg sikkert jobb som mekaniker og flyttet hit. Han hadde blitt tildelt langt frodigere hårvekst på overleppa enn på hodet, og hadde nok foretrukket godstolen framfor tur på fjellet. Ikke akkurat veldig tjukk, men heller ikke veldig tynn. Drakk masse øl og spilte bort penger på hest. En typisk trønder. Kent Robin knepper igjen mannens skjorte. Han liker å undre seg over hvem de var og hva de gjorde, disse hvite, fornøyde menneskene som lå på bordet. På under tre uker har Kent Robin blitt godt skolert i faget, og skjorten er allerede ferdigkneppet. Jobben er for så vidt grei, men han er ikke spesielt ivrig etter å kle bukser på menn. Sist uke var han uheldig å komme borti pungen til en eldre fisker, og det var slettes ikke trivelig. Han hadde nok med å håndtere sin egen pung, som han heller ikke hadde videre mye til overs for. Det var noe med konsistensen. Men det hørte da en gang med, både til livet og til denne jobben.

Edvard har nesen begravd i en tjukk, grønn perm ute på kontoret, noe som gir Kent Robin sjansen til å fiske opp mobilen. Han får god tid til å komponere bildet og tar hele tre bilder fra forskjellige vinkler. Likevel virker han ikke fornøyd. Edvard kremter lavt, noe han pleier å gjøre når han går over fra en ting til en annen. Skulle Kent Robin unngå å bli oppdaget var det viktig å lære seg disse små tegnene.

– Du, hvis du gidder å ordne kista også, så tar jeg sykkelen og henter en bedre lunsj til oss. Regner med at du spiser baconburger? Jeg spanderer.

Edvard stikker hodet ut fra kontoret og ser på Kent Robin, som allerede har sneket ned mobilen og later som han fortsatt er opptatt med å kneppe skjorten. Han nikker og smiler. Gratis mat var ikke feil, spesielt ikke baconburger.

– Da gjør jeg det, tross alt fredag. Du får passe på at han ikke stikker av imens.

Edvard nikker mot mannen på bordet og smiler. Kent Robin hadde allerede lært seg det sympatiske, men samtidig troverdige smilet. Det nest verste man kunne gjøre på jobben var å ignorere sjefens vittigheter. Da ville sjefen føle seg utilstrekkelig, og dermed prøve å hevde seg på andre måter, noe som igjen førte til mer arbeid for de ansatte. Det verste man kunne gjøre var imidlertid å sparke ham i ballene. Eller fomle henne på brystene, hvis sjefen var en dame. Dette hadde Kent Robin lest seg til i en jobbguide på nettet.

Gjennom det skitne kjellervinduet kan Kent Robin skimte Edvard sykle av gårde på den gamle Nakamuraen. Edvard hadde fått sykkelen av Rolf da han ble konfirmert, og han hadde ikke hjerte til å pælme den på dynga, selv om bare øverste og laveste gir fungerte. Bremseklossene var forlengs slitt inntil metallet, og setet var så lite at det presset seg inn der det ikke hørte hjemme. Kent Robin hører knirkingen fra den skramlete farkosten forsvinne nedover mot porten. Han snur seg og ser gjennom glipen i døren til kontoret, vel vitende om hvor den er. Kulene også, de hadde han kommet over da han hentet reservenøklene til vogna. Den lille metallboksen nederst i nøkkelskapet, lignende på en sjørøverkiste i miniatyr, kunne ikke stå uåpnet når den først var oppdaget. Det var nesten som han visste hva som var oppi før han åpnet den, der den sto så hemmelighetsfullt plassert bak noen utgåtte sikringer og en nesten tom pakke skruer.

Edvard stopper ved porten. Tre smågutter løper rundt og over gravstøttene like ved. De skyter på hverandre med sine imaginære håndpistoler, og kaster seg deretter liksomdøde ned på bakken med så overdrevne lydeffekter de bare klarer. Et forferdelig gledesbråk, et leven Edvard dessverre ser seg nødt til å sette en stopper for. Han hadde allerede fått huden flettet av diverse tanter og bestemødre, opp til flere ganger, over denne skrålingen som var både respektløst og bråkete, og som slettes ikke hørte hjemme på et fredelig sted som dette. Det var til sammenligning langt færre menn som protesterte på bråket, antakeligvis fordi lysten til å delta var mer tilstede enn lysten til å klage.

– Hei, gutter..! Dere kan ikke...

Det er vanskelig å finne en streng tone når man egentlig ikke har lyst. Men guttene løper allerede av gårde, hylende på noe om den farlige likmannen som spiser barn. Før Edvard får sukket har den ene gutten allerede kommet seg opp i et tre i nabohagen, og skyter nå ned på kameratene sine med maskingevær. Han blir stående og se etter guttene som etter hvert forsvinner bak den røde husveggen i nabogården. Misunnelsen kryper nedover armen og former hånden til en pistol. Han snur seg rundt og forsikrer seg om at ingen ser ham før våpenet løftes. Lenge siden sist. Tommelen brukes rutinert til både lading og sikting, og finner til slutt målet i spiret på kirka. I det øyeblikket tommelen knekker og kula sendes ut av pekefingeren...

Et skudd fra annekset.

Edvard kaster fra seg sykkelen og løper de hundre meterne tilbake til annekset, stormer inn døren og ned trappen. Der står Kent Robin med svetten piplende ned ansiktet og Lugeren i hånda. Han gjør et dårlig forsøk på å gjemme den bak ryggen når han oppdager den oppjagede begravelsesagenten i døråpningen. Kent Robins blikk dras uvillig mot mannen på bordet. Edvard, i et forsøk på å hente inn pusten, legger merke til at trønderen har fått en ekstra navle, under venstre brystvorte. Hullet er rundt, svart og lite.

– Har du skutt ham?

Glasset med iste sklir ned mellom de svette håndflatene. Kent Robin setter det ned på grusen før han mister det.

Edvard og Kent Robin sitter på trappen utenfor annekset. Edvard plukker ut kulene fra magasinet, så forsiktig som mulig. Kent Robins røde og fortvilte ansikt er vendt ned i isteen.

– Så du har altså tatt bilder av alle gjestene siden du begynte?

Kent Robin nikker stille på hodet.

– Og du har solgt alle bildene du har tatt? Til en side på internett?

Det nikkes enda stillere på hodet, nesten ikke merkbart.

– Har du skutt mange av dem?

– Bare ham.

– Bare ham, ja. Fint.

Kent Robin vet at han må forklare før eller siden, så det var like greit å få det overstått. Han kremter i gang stemmebåndet.

– Man får bedre betalt hvis likene er skadet.

Det var nå Edvard skulle brutt ut i høylytt kjefting og smelling. Så skulle han gitt Kent Robin en flathånd over trynet og stengt ham ute fra kirkegården for resten av livet, og kanskje til og med etter. Dette kunne tross alt koste ham både jobb og rykte, men det var noe med Kent Robin som ikke var så lett å bli sint på. Ikke det at han fant så mye av seg selv i han, men det måtte være noe med naiviteten og uskylden. Det var det samme med mongoloide, eller psykisk utviklingshemmede som han etter hvert hadde lært seg å kalle dem. De kunne vel ingenting for at de gikk rundt og siklet hele dagen, og da kunne man ikke bli sur og gretten på dem siden det ikke var deres skyld. Før Sarah ble født hadde han gitt ubestridelig uttrykk for at han like fint kunne oppdra en psykisk utviklingshemmet som et vanlig barn, han kom til å bli like glad i ungen uansett. Men sannheten var en helt annen. Han var livredd for å få en mongo fra storken, som han så fint ordla seg for Rolf, bare noen dager etter at Beathe hadde blitt konstatert gravid. Rolf hadde forsøkt å roe ham ned, først med statistikk, så med sunn fornuft, og påsto at de ville oppdage slike ting på undersøkelser i forkant. De beroligende ordene hadde fungert til en viss grad, men den underliggende angsten ble ikke fullstendig avløst før gledestårene kom under fødselen, da det viste seg at det røde sjarmtrollet var ei helt normal, lita jente. I etterkant hadde han fått dårlig samvittighet for sine egne fordommer, men var like fullt lettet.

Ikke at Kent Robin kunne sammenlignes med en psykisk utviklingshemmet, men det var altså noe uskyldig og naivt over denne gutten, noe man ikke kunne bli forbannet på. Et enfoldig ansikt som nesten forlangte en ny sjanse, selv om han hadde skutt en av gjestene deres. Edvard kunne prate med Rolf om det meste, unntatt Ane. Og nå også unntatt likskjending. Dette var det ingen som trengte å vite noe om.

– Du er klar over at folk kommer til å kjenne igjen slektninger og venner hvis de tilfeldigvis finner dem på nettet? Og hvem tror du får skylden for det?

– Man må ha brukernavn og passord for å finne dem.

– Hvordan får man det?

– Bare å registrere seg.

– Hvem som helst kan gjøre det?

– Ja, hvis du bare confirmer at du er atten år.

– Men du er jo ikke atten.

– Nei.

– Men hvordan...

– Det er bare å trykke på confirm-knappen.

Edvard forstår at han begynner å dra på årene.

– Og hvordan tjener du på det?

– Tjue cent pr klikk. Femti hvis de er skadet.

– Som betyr?

– Hver gang noen ser på et av mine bilder får jeg tjue cent. Eller femti.

– Hvor mye har du tjent til nå da?

Kent Robin drøyer litt før han svarer. Han ser opp på Edvard med de store, runde bambiøynene.

– Nesten ni hundre.

– Ni hundre? Dollar? Det er mer enn du har tjent hos meg..! Folk må være syke i hodet. Betale for å se døde mennesker?

Kent Robin sender blikket ned i isteen igjen. Det hadde begynt som en liten greie. Sidene på nettet med bilder av døde mennesker. Ekkelt i starten. Døde mennesker etter stygge ulykker, hvor både hud og ben var flerret av. Noen hadde krasjet med motorsykkel, andre hadde druknet eller fått hodet skutt halvveis av med pumpehagle. Det ble mer og mer interessant å se på de forskjellige menneskene som hadde dødd på så forskjellige måter, men som bare lå der, så utrolig likegyldige og tomme. Det var noe spennende, noe rart og noe veldig spesielt. Ønsket om å få se noe lignende på ordentlig hadde meldt seg kort tid etter denne nye oppdagelsen. Ønsker ble til handling, handling ble til oppfyllelse. Og plutselig sto han der, stirrende en død, rødhåret jente i skrittet. Først ett bilde, bare for å teste ut funksjonen. Så det andre, på bakgrunn av morsomme bildekommentarer og fire opptjente dollar. Da det tredje bildet ble lastet opp hadde han allerede rukket å kjøpe seg nye joggesko. Så slik hadde det ballet på seg.

Edvard rister oppgitt på hodet. Kent Robin venter på haglskuren med styggord.

– Ja ja, kreativ sommerjobb, det skal du ha. Men heretter blir det kameraforbud inne i annekset. Ikke så bra for bissnissen om noen tilfeldigvis snubler over kjensfolk på nettet. Døde, med et kulehull i brystet. Regner også med

114

at du fjerner alle bildene fra internettet med en gang du kommer hjem.

Kent Robin nikker lydig og skamfullt. Edvard legger Lugeren i lommen.

– Og denne her, den tar jeg med meg hjem. Jeg tviler på at du blir å bruke den igjen, men det er vel kanskje dumt å la den ligge og slenge i utgangspunktet.

Edvard forsikrer seg om at han har syv kuler i håndflaten før han setter inn det tomme magasinet. Kent Robin løfter det forfjamsede ansiktet opp fra glasset.

– Skal du ikke si det til noen?

– Det er vel ikke noe poeng i å fortelle Anders og Inger at sønnen deres går rundt og skyter lik, er det vel? Det har ingenting for seg for noen av partene. De blir engstelige, du blir straffet og jeg mister arbeidskraft. Og jeg tviler på at du gjør det igjen. Dessuten er det ikke så nøye for ham.

Edvard sender tommelen i retning døra og ned i kjelleren som en avslutning på prekenen. Dette klarte han relativt fint, akkurat slik en besinnet voksen skulle gjøre det. Klart og tydelig, uten å kjefte. Og hullet i mannens mage var ikke noe problem å skjule under skjorta. Når sant skulle sies hadde det vært litt uansvarlig å la pistolen ligge her på kontoret, det skulle han innrømme. Men det var jo der den hadde ligget i alle år, så han hadde egentlig aldri tenkt på det. Det skulle han også si hvis Rolf spurte. Verre var det med Beathe, hun ville neppe like å ha et våpen i hus. Han fikk legge den i vogna inntil han kom på en plass å gjemme den. Beathe kom aldri til å nærme seg vogna uansett, i sin egen overbevisning om at lukta fra annekset hadde satt seg i både seter og interiør.

16

Under veiboken ligger den. Lugeren, med kulene slengt sporadisk ved siden av. Han setter de tilbake i magasinet, med blikket fastlåst i kjørespeilet. Det tar sin tid. Det lokket ble lukket, det er han nesten sikker på, enn hvor tåkete han kjenner seg.

Med våpenet ladd og en klam finger på avtrekkeren åpner han bildøren. Ingenting, verken å se eller høre. Han dytter seg opp på beina, til et ynkende knirk fra setet. Den vaiende kroppen hjelper ikke på kampstillingen, da han i utgangspunktet verken vet hvordan man holder eller sikter med en pistol. Han vet heller ikke hvorfor han sikter mot kista. Det er ikke som om et lik kan utgjøre noen stor trussel, det vet han godt etter alle disse årene, men det er samtidig ingen andre å sikte på.

Han titter over kanten. Og som antatt, hun ligger fortsatt der, fremdeles like død som da han fant henne. Han ser seg rundt og lar kroppen spenne av.

– Hallooo? Kom fram, da, jeg står jo her!

Det er spriten som tøffer seg, men den provoserer ingen. Edvard begynner å tvile igjen. I forsøket på å spole tilbake virker bildet skurrete. Det kunne vel være han ikke gjorde det, at han ikke lukket det lokket. Muligheten var der, at han rett og slett husket feil. Han hadde ikke drukket slike mengder på mange år, så for all del, ting kunne nok fortone seg noe uklart. Det var for så vidt langt mer sannsynlig enn at noen andre skulle komme hit og løfte på lokket, for så å forsvinne igjen, noe som ville vært helt poengløst. Selvfølgelig lukket han ikke lokket. Han lykkes delvis i overbevisningsforsøket.

– Nå lukker jeg lokket.

Bestemor ble etter hvert noe glemsk på sine eldre dager, og måtte til slutt begynne å si hva hun gjorde mens hun gjorde det. Slik husket hun det bedre. Den eldre damen hadde en påtrengende fobi for at husets elektriske artikler skulle feile og sette fyr på hele huset, bare man lot de stå på i noen minutter uten oppsyn. Hun fikk bare med seg halve Lion King, da hun, midt i den kritiske scenen hvor Mufasa blir trampet flat av bøflene, begynte å tvile på om hun hadde slått av kaffetrakeren før de dro på kino. Edvard hadde heldigvis blitt stor nok til å finne veien hjem selv, og kunne gi bestemor et livlig referat av den resterende handlingen over kveldsmaten. Kaffetrakteren på sine side, den hadde selvsagt vært avslått. Edvard arvet bestemor på dette området, fobien som i og for seg var fornuftig å ha, men som til tider også kunne være nokså plagsom. Så da var det å verbalisere handlingen en god løsning, selv om det kunne høres litt rart ut mens det pågikk.

Sikker i sin sak på at lokket nå er lukket, legger han pistolen ned i lommen og skrår seg tilbake mot vogna. Men sålene limer seg snart til asfalten. Der var asfaltlyden igjen, etterfulgt av knirkelyder fra kistelokket. Edvard vender sakte på hodet og møter nok en gang en vidtgapende kiste. Han er en statue.

Frostrøyk tar til å stige opp fra kista.

Som den argeste vaktbikkje, med fråde stående ut fra begge sider av kjeften, farer hun opp av kista og raser mot Edvard. Pusten er intens, de gråhvite øynene vidåpne. Barføttene klasker mot asfalten. Det hele skjer på sekunder.

Refleksene opphører paralyseringen. Fingrene fikler opp pistolen og klemmer inn avtrekkeren, på ren måfå. Edvard skvetter til sitt eget skudd, som ender opp i skogsholtet bak jenta. Først nå ser han hva som egentlig skjer, selv om det gir aldri så lite mening. Fornuft og logikk er satt til sides, kun overlevelsesinstinktet gjør seg gjeldende. Jentas legeme beveger seg i rykk og spasmer, med tydelig utstaket retning mot Edvard. De gråhvite pupillene ser ut til å ekspandere.

Han sikter på nytt, ryggende mot likvogna. På nippet til å gjøre et nytt forsøk med avtrekkeren møter hælen ustø grunn. Selv tømt for innhold skaper spriflaska ytterligere fortumling. Bakken forsvinner under Edvard, i samme øyeblikk som avtrekkeren klemmes inn for andre gang. Kula sendes opp mot lyktestolpen og knuser lyskilden, en utilsiktet fulltreffer. Edvard berører igjen bakken, med hodet først.

Rasteplassen mørklegges til et regn av gnister og glass.

XVII

Lysene fra scenen reflekteres i den mørke vannskorpen. Edvard og Beathe sitter på en liten sandstrand, et stykke bortenfor kaiet hvor konserten pågår. De kan både se og høre hva som foregår, tilnærmet den samme opplevelsen som de bakerste, betalende tilskuerne må nøye seg med. Et lokalt band, som vanligvis spiller coverlåter av kjente artister, lirer av seg noe egenprodusert, småsurt materiale. Salget i den innleide utendørsbaren har allerede gått over all forventning, så tilskuerne later ikke til å bry seg. Regnet hadde heldigvis gitt seg utover ettermiddagen, til stor glede for både festdeltakere og publikum. Skyene har banet vei for en varm sommerkveld, noen knappe timer før de guloransje fargene på himmelen toner seg ut i svart. Beathe sitter og svaier til musikken. Hun er ikke helt i rytme, men det er for så vidt ikke musikken heller.

– Bra konsert. Og billig.

Edvard nikker utålmodig. Han kom ikke hit for å sitte sammen med Beathe.

– Resten av folket, de hadde ikke tid, eller?

– Joda, de sa de skulle komme. Vet ikke hvor de har blitt av.

Det ser heldigvis ikke ut som hun lyver. Da kommer hun likevel. En liten glo tennes i tærne og tar etter kort tid fyr dypt inni magen. Hun var nødt til å komme, han hadde repetert og memorert de tiltenkte replikkene hele ettermiddagen. Akkurat i det et ubevisst smil skal til å dukke opp i munnviken tar Beathe hånden hans og legger den i fanget sitt. De kaldklamme fingrene tviholder hånden hans. Det tar et lite øyeblikk før han skjønner hva som skjer. Han visste at hun var gira på han, såpass hadde han forstått, men han hadde ikke forventet at hun skulle være så frampå. Ikke kunne han dra til seg hånda heller, det ville blitt veldig pinlig for dem begge, etterfulgt av at hun sannsynligvis kom til å løpe bort i strigråt, noe som ville spolere sjansene hans til å treffe...

– Ane!

Beathe har sett Ane og noen andre gutter og jenter komme gående etter stranda. Hun vinker dem i rett retning. Edvard tenker fort. Han tar til seg hånda og later som den ene skolissen har gått opp. Beathe har hastverk med å få dratt den tilbake, og blir mer og mer febrilsk desto nærmere Ane og folket kommer. Hun tviholder ham i fingeren mens han drar i skolissene. Endelig hadde hun fått seg type, og det skulle Ane og resten av folket få se. Edvard ser seg nødt til å la henne holde fast. Det ville se temmelig dumt og frekt ut å slite til seg hånda når de var kommet så nært, og han ville ikke framstå som et rasshøl foran Ane. Svarte helvete.

– Tenkte ikke du likte sånn musikk!

Bare stemmen får det til å koke. Djevelrock ville kommet ut som salmer mellom disse leppene. Selv om han hadde sett henne ofte, stort sett hver skoledag fra barneskolen og til dags dato, så kjenner han henne egentlig ikke. Hun er som en nabo. Ikke i huset ved siden av, men i huset ved siden av der igjen. Den deilige nabo-naboen, som var vanskelig å innlede en tilfeldig samtale med på grunn av fellesnaboen midt i mellom. Beathe, for øyeblikket.

– Joda, det er bra saker.

Hun kjenner ordvalget gi en synkende følelse i magen. "Bra saker". Litt overdrevet kult på en måte, som om hun prøvde for hardt. Men det fikk så være, hun hadde tross alt fått seg type, det måtte da være nok til å overbevise Ane om at hun var spenstig nok. Ane hadde nemlig pult allerede i syvende, i alle fall ifølge ryktene. Hun hadde gjort det igjen i sommerferien før åttende, og siden da hadde hun etter sigende mistet tellingen. Beathe hadde ikke engang blåst i en kjøttfløyte, og det begynte å nærme seg niende. Nå begynte det å bli på høy tid at hun tok ansvar. Det var bare hun og fem andre jenter i klassen som ikke hadde gjort det ennå, og to av dem var lesbiske. Statistisk sett. Ane kaster et blikk opp mot kaiet.

– Hver sin smak. Jeg er ikke så glad i sånn musikk, litt for mye lyd liksom. Skulle vært noe mer rolig, jazz eller noe.

Hun var så utrolig moden.

– Ja, jazz er bra. Jazz er... ja, sykt bra!

Edvard skjønner ikke hvorfor han plutselig gadd å åpne kjeften. Han visste vel at det bare kom til å bli grøt. Aldri i sitt liv hadde han hørt en jazztone. Det eneste han visste var at det ofte innebar saksofon, spilt av mørkhudede menn i solbriller. Men det virker ikke som om Ane legger særlig merke til replikken, noe som faller som en stor lettelse. Spørsmål om favorittband eller låt kunne betydd spikeren i kista for alle framtidsfantasier.

Det kunne være hun ikke hørte hva han sa. Eller så var svaret såpass pubertilt at hun ikke orket å respondere.

Ane tar til å grave opp noen ølflasker fra den lille sekken hun har med. Hun jekker opp to flasker Tuborg og gir Beathe og Edvard hver sin flaske. Edvard tar imot flaska, på en passe elegant måte om han skulle si det selv, og det gir ham også muligheten til å løsne grepet på Beathe. Det kunne være Ane ikke engang hadde sett at Beathe holdt hånden hans. Hendene deres lå jo litt på siden av Beathes lår, en smule skjermet for hvor Ane står. Ja, så sannelig. Sjansene hans var kanskje ikke like totalspolerte som man kunne tro. Ane tar en god slurk av sin egen flaske, før hun kikker ut over vannet. Hun svelger, uten i det hele tatt å vike en mine, som om hun hadde drukket øl siden førskolen. Så *utrolig* moden. Og for en sykt heldig flaske.

– Tuborg ja, det er bra. Takker.

Ikke den dummeste kommentaren. Bra sagt, rett og slett. Edvard nikker bekreftende til sine egne ord. Det hørtes ut som han var dreven på øldrikking, pluss at han ga henne kred for valget av merke. Ane snur seg og smiler til ham i et lite sekund, løftende svakt på flasken. Vel vitende om at det sannsynligvis kun var et høflig smil, uten noen andre intensjoner, så har han aldri kjent en slik sitrende følelse gjennom beinmargen. Det var faktisk *jævlig* bra sagt. Han er i støtet nå.

– Sett dere ned, da. God plass.

Å, jadda. Avslappet tone, ikke et tegn til fjortispip heller. Han hadde vært plaget med disse pipene en stund, de utfrivillige toneskiftene når man går gjennom stemmeskiftet. De hadde aldri gitt helt slipp, og pleide plagsomt ofte å framtre når han skulle rope eller si noe, spesielt etter han ikke hadde sagt noe på en stund. Og det hadde vært veldig typisk hvis de skulle komme nå. Men ingenting. Så ubeskrivelig godt i støtet.

– Ja, kanskje etterpå, tenkte meg en tur uti først.

Edvard tar en slurk og løfter bekreftende på flaska. Han prøver å like smaken. Noen av de andre jentene og guttene har hoppet ut i vannet, som pleide å være ganske varmt i sommermånedene, til og med ut september. De slenger hverandre rundt i vannet. Jentene hyler og skriker mens guttene vasser bredbeint rundt med magemusklene flekset, akkurat slik at det ser mest mulig naturlig ut. Ane tømmer flaska.

– Dere blir ikke med da?

– Nei, har ikke badeklær med. Dessverre.

Joda, det var greit nok. Hun ga uttrykk for at hun ville ha badet hvis hun hadde hatt badetøy med, slik at Ane og resten av folket ikke skulle tro at hun var en pyse. For hun kunne lett ha hoppet ut i vannet, det skulle ikke stå på det.

Edvard sier seg enig ved å slå halvt ut med armene og løfte på øyenbrynene. Han er såpass i støtet at ord er overflødige.

– Nei, det har ikke jeg heller.

Det er som om pupillene begynner å blø. Som om han har hengt opp ned så lenge at blodet presser seg opp i hodet og ut gjennom øyeeplene. Ane har vrengt av seg toppen, uten annet en bar hud under. Å. Fy. Faen. Han kjenner det prikker i hele kroppen, en nummen følelse, spesielt i håndflatene. De er akkurat en håndfull hver, med kurver og farge enhver lettstekt hvetebolle kunne misunt henne. Han kan nesten høre glidelåsen i dongeribuksa gi etter. Ikke at han var imponerende utstyrt, men selv en mellompuddel kan bli fryktinngytende bare den er sint nok. Varm, taus og skjelvende kjører han flasketuten inn i munnen. Glasset klinker mot tennene.

De mellomlange, faste lårene bykser seg vei mot vannflaten, som en tørst gaselle på vei mot vannhullet. Han har aldri sett en tørst gaselle på vei mot et vannhull, men den ville antakeligvis sett slik ut. Ane stuper uti

– Huff, det så utrolig kaldt ut.

Beathes stemme er et knapt hørbart hakk i plata, bare små støvkorn som slukes av forførende toner. Ane kommer opp igjen og lar det kjølige vannet sildre nedover kroppen. Hun ler til de andre uti vannet, det var kaldere enn hun trodde. Edvard er usikker, men det kunne virke som om hun sendte ham et lite blikk, rett før hun snudde seg mot de andre. Han kjente i alle fall et sug i magen. Det suget langt inni der et sted, som oppstår når man møter øyne som gjør mer enn bare det å gjengjelde blikk. Nei, det ville vært for godt til å være sant. Og alt som var for godt til å være sant pleide ofte å være det.

Ane forsvinner igjen, under krusningene på den mørke vannflaten.

XVIII

Edvard stirrer på et glass vann. Det nytappede og klare vannet ligger helt stille i det klare, mønsterløse glasset, så stille at man nesten ikke ser det. Glasset står på et lite nattbord sammen med en gyselig lampe, med glade smurfer i aktivitet rundt hele lampeskjermen, som på toppen av alt er pynter med brune fløyelsdusker.

– Pappa! Videre!

Blikket slipper tak i glasset. En rød, tynn bok ligger oppslått i fanget hans. Sarah ser på ham fra sengekanten, med Paddelars kvalt mellom armene. Edvard smiler til den utålmodige jenta.

– Hvor var vi?

– Ridderen på hesten..!

– Ja, det var sant.

Illustrasjonen i boka viser en kjekk, muskuløs ridder, som pløyer seg gjennom et jorde med en anormalt stor lanse. Han ser til de grader målbevisst ut, der han raser mot noe som tydeligvis haster. Dette var antakeligvis en av de siste tegningene illustratøren gjorde, avslørt av upresise strøk. Ridderen har fått en bred og aggressiv munn, som, mot naturens lover, strekker seg over nedre del av nesen. Han har også briller, men det var det Sarah som hadde sørget for.

– Skal vi se... Ja, ridderen red og red i flere dager og netter, gjennom skog, gjennom åkrer, gjennom myrer, gjennom vann, gjennom flammer.

– *Masse* flammer!

– Ja, store og røde. Glør og kull, vulkaner. Og så, til slutt, etter å ha fått gode råd og veitips fra El Hexos, den mystiske trollkjerringen som bodde i Plutingsfjellene, nådde han målet sitt; Slottet. Det største og flotteste slottet i hele riket. Større enn alt han hadde sett i hele sitt liv..!

– Større enn huset?

– Enn huset vårt? Ja, mye, mye større. Femten, *tjue* ganger så stort! Og hvem tror du ridderen på hesten så, gjennom vinduet i det høyeste tårnet?

– Prinsessen!

– Intet mindre enn den peneste prinsessen i hele kongeriket.

– Verdensrommet!

– Ja, den peneste i hele verdensrommet til og med. Hun var datteren til kongen i borgen...

– Slottet..!

– Ja, det stemmer, slottet. Hun var datteren til kongen i slottet, og sto og speidet ut i sin egen skog, skogen ridderen nettopp hadde ridd gjennom. Prinsessen, som var den søteste, snilleste og kuleste i hele riket, og verdensrommet selvfølgelig, hadde det peneste navnet folk noen gang hadde hørt. Og hva tror du det var?

Han ser lurt på Sarah, som smiler tilbake.

– Prinsesse Saaa...

– Beathe!

Bildet i boken viser en kanonkule som sprenger seg gjennom slottets murvegger. Edvard kremter.

– Ja..! Prinsesse Beathe het hun. Og så, ridderen på hesten, han... Ja, hva tror du han gjorde, da..?

Store deler av fasaden har falt ned og sunket til bunns i vollgraven. Sarah grubler på fortsettelsen.

– Han hoppet av hesten og... Han.. Spiste hele hesten!

Sarah har blitt lei av alt prinsessemaset, til Edvards store lettelse.

– Ja, først spiste han hesten, med sal og alt. Og så spiste han hele slottet med tårn og port, alle vaktene og den tjukke kongen. Til og med *krona* hans. Og så til slutt spiste han prinsessa til kvelds. Og snipp snapp snute...

– ...så var eventyret på en skute! Til Afrika!

– Ja, og vet du hva?

Sarah himler med øynene, hun vet hva som kommer. Typisk pappa. Hun klarer likevel ikke hindre et oppgiret fnis i å bryte gjennom det tillagde, oppgitte ansiktet.

– Vet du ikke hva?

Edvard former hendene til to sprellende edderkopper. De nærmer seg Sarah, som rister febrilsk på hodet. Hun klarer nesten ikke holde seg lenger. Så går edderkoppene til angrep på magen, til lyden av overivrige latterhyl.

– Vet du fortsatt ikke?

Sarah har krampelatter og klarer nesten ikke svare.

– Jo..! Jo..!

Edderkoppene roer seg ned.

– Hva da?

Sarah, andpusten etter angrepet, himler med øynene og later igjen som hun er oppgitt.

– Du er glad i meg.

Edvard smiler.

– Det er jeg.

Han ordner opp i edderkoppenes ødeleggelser og breier på Sarah, før han kysser henne over det ene øyelokket. Selv om det kiler og er pittelitt slimete, så er det helt greit å bli kysset på øyet. Men det er bare pappa som får lov til det. Edvard skal til å reise seg.

– Ses i morgen.

– Paddelars!

Sarah holder strengt opp skilpaddesekken, som naturligvis også må få nattakos når hun fikk. Edvard bøyer seg ned og kysser den lodne skilpadden overdrevet lenge på pannen, før han avslutter med et høyt og tydelig smask. Sarah smiler, fornøyd.

Han slår av nattbordslyset. Det blir mørkt i smurfeland.

19

Han kunne like godt revet av seg hodet, det hadde sikkert vært like vondt. Edvard ligger og ser opp i den sundskutte pæra i lyktestolpen. Det har blitt morgen igjen. Et intenst hodeverk bedøver hukommelsen med det første, men han husker snart bruddstykker av sist natts hendelser.

Edvard raser opp på beina og griper Lugeren som ligger ved siden av seg. Han blir stående og sjangle, så kampklar som kroppen tillater. Kista ligger slik han kan huske, men han klarer ikke se innholdet over kanten. Han avventer litt, fortsatt med pekefingeren på avtrekkeren. Kanskje hun kom til å angripe på nytt. Eller at hun har gjemt seg i skogen og planlegger å snike seg på når han minst aner det. Eller så hadde han bare hatt et svært livlig mareritt, en riktig så fyllebasert illusjon. Han tar noen forsiktige skritt mot kista, med skytevåpenet parat etter beste evne. Det er ikke til å unngå at han føler seg litt dum der sniker seg mot kista, som en paranoid og forslått galning, på jakt etter et lik. Bra Kent Robin ikke ser han nå.

Som han tenkte, hun ligger akkurat slik han la henne, død og rolig nedi kista. Et forsiktig spark i langsiden ser heller ikke ut til å forstyrre søvnen. Han løsner på magasinet i Lugeren og trekker det ut. Tre av åtte kuler mangler. Han *hadde* faktisk skutt på et eller annet i går. Måtte ha vært noe merkelig i den flaska, bortsett fra spriten. Hallusinasjonsframkallende vanilje muligens, hvis noe slikt fantes. Kunne tydeligvis aldri være trygg på hva svenskene tappet i flaskene sine.

Edvard skjønner ikke mer enn at han begynner å bli ganske så sulten. Han går tilbake til vogna og finner fram de to pakkene med bacon, gjemt under noen veltede drikkevarer.

– Kan jeg by på litt bacon?

Han merker at de avlange baconpakkene faktisk frister, enn hvor rått innholdet er. Han setter tennene i pakken og drar ut en tynn, svett baconstrimle. Den går rett ned, nesten uten å tygge. Og den smaker godt, omtrent så godt som en klam brunostblingse smaker når man endelig har kommet fram til skihytta på fjellet.

– Du har ikke en røyk?

Med den halve baconstrimla hengende ut av munnen fikler han opp Lugeren, som slettes ikke sitter godt i hendene etter å ha tafset på det feite kjøttet. Han snur seg og sikter nok en gang mot kista.

Jenta har våknet igjen, men er tilsynelatende langt roligere nå enn kvelden før. Sittende tar hun et godt tak i kantene på kista og heiser seg opp på beina. Som dagen etter en lang sykkeltur, stikler hun seg på beina og begynner å tøye på lemmene. Edvard definerer det å måpe. Et levende lik står foran ham og strekker på ryggen. Dette skjer ikke. Han kjenner at han er trøtt, men ikke nok til å drømme. Litt bakfull, men ikke nok til å se syner. Jenta er ferdigstrukket og begynner å gå mot ham, fortsatt rolig og avbalansert, men med begrenset bevegelighet både i armer og bein.

Edvard klemmer igjen inn avtrekkeren, en naturlig reaksjon på det unaturlige. Jenta reagerer ikke engang på skuddet, som streifer håret hennes og finner nok en gang veien dypt inn i skogen. Øyelokkene ligger sløvt over de grå, målrettede øynene. Hun smatter et par ganger, som for å få i gang en eller annen form for spyttproduksjon. Edvard skviser inn den sleipe avtrekkeren nok en gang. Den nå korte avstanden lar ham treffe målet.

Kula går inn i jentas strupehode og borrer seg inn i en av nakkevirvlene. Hun stopper opp, nærmest ettertenksom. Det var da en merkelig følelse. De hvite fingrene får opp mot halsen og kjenner på det lille hullet. Hun trekker uaffisert på skuldrene, før hun rolig dytter ned pistolen som fortsatt peker mot henne. Hendene begynner å lete i lommene hans. Ansiktene deres er på hviskelengde. Edvard kjenner pusten hennes på den ubarberte haken. Morgenånde dufter blomster i sammenligning, men det stive ansiktet er ikke i stand til å skjære den minste grimase i vemmelse.

– Der ja.

Ordene er hese og kvesete. Ut fiskes både sigarettpakke og lighter. Jenta smiler vagt med de tørre leppene, som ser ut til å skulle sprekke ved den minste rørelse. Det knekker fortsatt i både brusk og ledd mens hun går tilbake til benken og setter seg. Edvard kjenner en tynn, varm stripe rennende ned høyre lår. Bare litt, men nok til at det drypper noen dråper ut av buksebenet og ned på asfalten. Han hadde ikke tisset på seg siden episoden i skogen. Som da, så var også dette gyldig grunn.

Jenta fyrer på sigaretten ved å knipse i gang flinthjulet på Zippolighteren. Hun trekker inn et langt trekk og holder på røyken. Øynene glir igjen. Hun sitter helt urørlig mens røyken baner seg vei gjennom de tørre lungene. Nytelsen forstyrres av uønsket lekkasje gjennom kulehullet i halsen.

– Nei, svarte. Se nå hva du gjorde..!

Hun legger den ledige hånda over hullet på halsen og tar et nytt trekk, like drøyt som det siste. Omsider kommer røyken sivende ut igjen, denne gangen den rette veien gjennom munn og nese. Hun smiler, fortsatt med øynene lukket.

– Det var lenge siden, du.

Jenta fester de halvåpne øynene på Edvard. Ingen farger. Bare grått, svart og hvitt, uten noe tegn til liv der inne. Like fullt beveger øyeeplene seg. Hadde han kunnet skyte rygg hadde han gjort det.

– Du har bacon på haken.

Bacon henger fortsatt ut av munnen og nedover det ene kinnet.

– Du synes sikkert dette er litt rart, vil jeg tro. Sikkert litt skummelt også. Ja, nei, jeg så kanskje litt bedre ut før i tiden. Tror jeg. Litt brunere i alle fall.

Jenta ser på armene sine. Huden er gråhvit, med sporadiske flekker av blåsvart og lilla. Hun strekker på huden, som er nesten like stram og elastisk som den en gang var, til hennes store fornøyelse.

– Beklager den lille greia i går kveld. Ukontrollerte spasmer, vet ikke helt hva som skjedde. Lenge siden jeg har rørt på meg, måtte være det. Var ikke meningen å framstå så aggressivt.

Edvard stoler fortsatt ikke på øynene sine. Han hadde sett mye rart siden han kom hit, men dette var for sært til at det var mulig å tro på. Jenta ser på ham mens hun knekker opp fingrene sine.

133

Paralyseringen hans begynner å bli kjedelig. Hun kunne være med på at hun sikkert så noe spesiell ut, men det fikk da være grenser til handlingslammelse.

– Jeg blir litt stresset av deg. Kan du ikke sette deg ned?

Edvard blinker igjen. Øynene er som sandpapir. Han løfter forsiktig den ene hånda og tar baconstrimla ut av munnen, så diskret som han bare kan. Han er redd den minste bevegelse skal trigge et nytt angrep.

– Takk for kista, forresten. Veldig behagelig. Litt større enn nødvendig, men skal ikke klage på god plass. Og jeg overlever spritlukten, ikke tenk på det.

Han leter etter ord, og går for de første og mest naturlige han finner fram til.

– Hvem er du?

De snakker i kor. Samme setning, i samme tonefall. Jenta smiler, overrasket.

– Oi, det var rart. Visste du hva jeg skulle si?

Det perplekse ansiktet besvarer spørsmålet.

– Si noe mer..!

Han stammer fram neste naturlige setning, om noe i det hele tatt kunne være naturlig i denne situasjonen.

– Jeg har sett deg før.

Nok en gang i kor, fortsatt i samme tonefall. Jenta holder på smilet.

– Veldig fascinerende, de der greiende der. Og moro, ikke minst.

Edvard gjengjelder ikke smilet.

– Nei, ja, kanskje ikke for deg, det er vel sant. Men joda, det stemmer, du har sett meg før. Begynner å bli noen år siden nå, så det er vel ikke så rart hvis du synes det virker litt usannsynlig at jeg er her og sånn. Men da så...

Jenta reiser seg fra benken. Den hastige bevegelsen sender Edvard inn i forsvarsstilling igjen, nok en gang med pistolen rettet mot jenta.

– Ta det med ro.

Jenta trår ned i kista og setter seg ned. Hun tøyer på nakke og rygg igjen, slik at det smeller opp gjennom ryggraden, virvel for virvel.

– Det skal i alle fall jeg gjøre. Sinnssykt slitsomt å prate igjen, for ikke å snakke om å røre seg. Leddene er visst ikke de samme som før. Ikke i det hele tatt, faktisk.

Den støle kroppen legger seg ned slik at sigaretten blir stående som et lite fyrtårn opp av kista. Hun tar nok et trekk og blåser røyken opp mot det grå teppet av skyer. Det kremtes tørt.

– Det var dødsvarmt den dagen...

XX

Jenta banker på den brunbeiste ytterdøren. Hun er kledd i den samme, grønne sommerkjolen og holder en mørkeblå håndduk i den ene hånda. Noen små sår har nesten rukket å gro igjen over det ene øyet. Et stille sukk. Hun tørker vekk den rennende svetten fra panna med håndduken, men det er ikke varmen som er ubehagelig. Det er ikke frivillig at hun står her.

Sommeren hadde blitt noe helt annet enn det hun hadde sett for seg. I nesten to år hadde hun spart til en bruktbil, og kunne endelig sette seg bak sitt eget ratt denne våren. En hvit, liten Golf. De eneste kriteriene var at bilen skulle gå og kunne spille musikk, to kriterier den oppfylte så vidt det var, men like fullt. Hun hadde planlagt lange kjøreturer, fra morgen til kveld, med musikken durende ut av det stakkarslige anlegget. Hun fikk noen turer, da. Syv totalt. Syv og en halv, rettere sagt. Så var det enden på visa. Og ikke bare for bilen.

En eldre dame, i en tynn, lilla strikkegenser åpner døra. Jenta hører selv at tonefallet er anstrengt:

– Hei..!

De få, men markante rynkene i det eldre ansiktet trekkes oppover kinnene, smilende til jenta.

– God morgen, ja.

– Er han klar for bading?

– Åja, nei, han er ikke her, jeg trodde han hadde dratt ned til vannet allerede.

– Da har han sikkert kommet meg i forkjøpet. Stikker ned og ser om jeg finner ham. Du får si at jeg har dratt nedover hvis han dukker opp.

– Ja, det skal jeg gjøre.

– Ha det bra..!

Hun er ivrig på å komme seg av gårde. Det var vanskelig å se denne eldre dama i øynene. Fortsatt smilende begynner hun å gå mot porten.

– Du trenger ikke gjøre dette, det vet du, sant? Sånt skjer bare, du kunne ikke noe for det.

De skrukkete fingrene griper forsiktig om dørhåndtaket. Jenta snur seg tilbake i forsøk på å finne et svar. Det blir med et lite smil og et nikk før hun fortsetter ut gjennom porten.

Et drøyt kvarter etterpå ligger hun på rygg uti et lite tjern, et stykke inn i den tykke granskogen. Hun hadde oppdaget dette stedet allerede som niåring, på bærtur sammen med pappa. Han pleide alltid å søke til de mest bortgjemte plassene på leting etter multer, og merket av de beste stedene på sitt eget, hemmelige multekart. Og dette måtte være det beste stedet på kartet, om ikke i hele landet, ettersom tjernet ble omringet av oransje myrer i sesongtider, år etter år. Han kalte det Gullvannet. På sine siste år hadde pappa til og med kikkert med seg på multetur, og speidet først nøye etter inntrengere før han ga klarsignal til å begynne å plukke. Hun var alltid med pappa på bærplukking, om det så var multer, blåbær eller bjørkeblad. De plukket all slags rare ting. Ett år bestemte nemlig pappa seg for å lage likør av alt fra bjørk til løvetann, og hun hadde aldri vært vond å be om å plukke noe som helst. Belønningen var å plukke mer enn pappa, som hadde gjort det til en tradisjon å liksom-måpe av de stappfulle bøttene hennes. Mamma døde av kreft bare noen år etter fødselen, så henne husket hun egentlig ikke, og pappa tok turen for rundt åtte år siden, da under en rutineoperasjon for ryggen. Kroppen hadde ikke tålt påkjenningen, hadde hun blitt fortalt. Hun visste knapt hva en påkjenning var, men pappa var i alle fall død. Så hun ble tvunget til å vokse fort, og det gjorde hun. Med tidvis hjelp fra en passe engasjert tante, som egentlig ikke hadde tid til en unge til, klarte hun seg praktisk talt alene fra hun var rundt femten. Gullvannet var et sted å søke til når ting ikke gitt så greit, eller savnet av pappa meldte seg, men det hadde de seneste årene gått over til å fungere mer et fristed, hvor hun kunne være mutters alene med stillheten. Ikke engang hennes tre kjærester opp gjennom årene fikk vite om denne plassen.

Men nå hadde hun altså avslørt hemmeligheten for den lille gutten, men det var da det minste hun kunne gjøre. Han kunne nok ha bruk for dette tilfluksstedet med årene han også. Hun pleide å ta ham med ned hit et par dager i uka for å bade, uansett vær. Han hadde lovt å holde tett om Gullvannet, og det så foreløpig ut som han hadde holdt løftet sitt. Hun satte stor pris på å kunne ligge uforstyrret på rygg i vannet, uten klær, med en sigarett som snorkel. Edvard var som oftest opptatt med sine egne ting i vannkanten, som var full av vendbare steiner med allslags ivrig dyreliv under. Han pleide sjelden å komme helt ut hvor jenta pleide å duppe, da han ikke var særlig glad i å bade når han ikke så bunnen. Han visste aldri hva som kunne komme å trekke ham ned i dypet. En ubåt, kjempeblekksprut eller en froskemann, alt var like sannsynlig. Han så heller ikke ut til å bry seg om at hun badet uten klær, noe som var veldig befriende. Hun hadde ikke noe å skjemmes over, men hun visste at mange var ubekvemme med nakenhet, i formeningen om at det kun hørte hjemme mellom de fire vegger. Det hadde hun for første gang funnet ut på konfirmasjonstur, da hun hoppet uti vannet ved det korsdekorerte leirhuset, sammen med de andre elevene. Den eneste forskjellen var at alle andre hadde på seg shorts eller badedrakter, og hun ingenting. Det tok henne bare to minutter å bli definert som en freak, både av medelever og leirledere. Hun ble sendt til hastesamtale med presten, så tidlig som dagen etter hjemkomst fra leiren. Presten, derimot, var selv ihuga nudist, men bare forbeholdt ferieturene til Danmark. Der var det ingen han kjente som kunne sladre til sine onkler eller tanter i menigheten. Så hun og presten snakket egentlig mest om bærplukking, bilmotorer og den gamle schæfertispa hans, Yarra, som nettopp hadde gjennomgått en aggressiv diaré. Og hun måtte definitivt ta seg en tur til Danmark når hun fikk sjansen, der var det fritt fram, og så hadde de så innmari god salami der nede.

Han kommer visst ikke. Jenta avslutter sigaretten, fortsatt flytende på rygg i det friske vannet. Det var uvanlig, han pleide alltid å komme til badeavtale. Med ørene senket under vannskorpa er det akkurat som om hun hører noe gjennom overflaten. Hun løfter på hodet og hever ørene over vannet. Joda, hun hører noe, noen som roper. Og det høres ut som Edvard. Hun vasser raskt i land, hiver på seg den grønne kjolen og entrer skogen i retning lyden.

Og der, etter et stykke rask gange i tett granskog, står Edvard bundet fast til et tre. Tårene renner nedover det vettskremte ansiktet.

Noen minutter senere sitter jenta sammen med Edvard på en stor, mosegrodd stein. De sitter i en lysning slik at solstrålene varmer den skjelvende gutten. Hun hjelper til med å gni hånden sin mot ryggen hans. De hadde vært mye sammen denne sommeren, men aldri så nærme. Selv om situasjonen hadde vært aldri så skummel for den lille gutten, så føltes det fint å kunne komme ham til unnsetning. Hun følte seg egentlig ikke voksen nok til å kunne trøste noen, men det så ut som om hun lyktes til en viss grad. Gutten skalv i alle fall mindre nå.

– Hvem var det?

Edvard unngår spørsmålet og fortsetter å tørke tårer med de skitne håndflatene.

– Nei, jeg skjønner... Sladrehank skal selv ha bank. Men for så vidt, sikkert like greit at du ikke vil si det, da hadde jeg nok blitt nødt til å skyte dem.

Tårene slutter å renne. De store, våte øynene stirrer på jenta.

– Å jada, jeg har en pistol. Visste du ikke det? Vil du se?

Hun tuller, jenter fikk vel ikke lov til å kjøpe pistoler. Men det kunne være hun hadde fått pistolen fra en cowboykjæreste eller noe. Og hvis det var tilfelle, så hadde det vært utrolig tøft å se den.

– Det er helt sant. Du vil ikke se den, altså?

Hodet hans tar til å nikke noe voldsomt. Jenta legger hånden sin bak ryggen og leter uutholdelig lenge. Så trekker hun plutselig fram hånden sin, formet som en pistol med tommelen bøyd og pekefingeren ut. Han hadde forventet noe større og mer metallaktig, men det var jo litt spennende likevel.

- Har du sett en sånn før? En Handblaster B70-2000, kalles den.

Edvard rister stille på hodet, i en blanding av skepsis og nysgjerrighet.

- Kan blåse av deg hodet med bare et eneste skudd. Livsfarlige. Det var sånne de brukte i andre verdenskrig, superhemmelige våpen. Ikke engang tyskerne visste om disse pistolene. Det var derfor de tapte, skjønner du.

Jenta sikter ut i skogholtet. Hun spenner tommelen og lager en liten klikkelyd. Edvard klarer ikke sitte stille. Den svale vinden får trærne til å danse med hverandre. Fuglene synger med, uvitende om smellet som snart skal få dem til å ta til vingene.

- Kah-ploff!

Edvard skvetter til skuddet. Hun var den eneste jenta på barneskolen som kunne lage godkjente skytelyder, og fikk derfor lov til å leke krig sammen med guttene nå og da. Så hun visste godt hvordan en kraftig pistol hørtes ut. Jenta blåser hardt på pekefingeren sin, som om hun blåser bort mengder av kruttrøyk.

- Nja, tror jeg bommet. Er ikke så flink med denne. Kanskje du er flinkere? Lyst til å prøve?

Han hadde allerede tisset seg ut mens han var bundet til treet, og nå var det like før han gjorde det igjen. Det klør i håndflatene, så mye at han faktisk blir nødt til å klø. Jenta spenner tommelen på nytt, akkompagnert av et nytt ladeklikk. Hun legger pistolhånden sin forsiktig over i guttens hånd.

- Sånn, forsiktig nå, den er ladd.

Han tar imot pistolen med største ærefrykt. Han kjenner at den er tung, men han klarer akkurat å løfte den. Nå skulle bestemor ha sett ham. Eller nei, hun hadde nok bare blitt sint og tatt den ifra ham. Han hadde ikke engang fått lov til å leke med figurer som hadde våpen, fordi våpen var noe verden godt kunne klare seg uten. Ikke skjønte han hvordan det skulle gå an, da hadde man vel ingenting å krige med.

- Se om du treffer det store treet med de gule, rare bladene der borte.

Det er vanskelig å sikte når pistolen rister. Edvard trekker pusten dypt.

- Skhja-boff!

Rekylet rykker ham kraftig i hånda. Treet eksploderer i tusen flis, ikke en kvist igjen å se.

- Har du sett! Hvor i all verden ble det av treet?

Han smiler og blåser den imaginære røyken fornøyd av pekefingeren.

- Og vet du hva som er enda kulere?

Nei, *nå* tullet hun i alle fall, ingenting kunne være kulere enn dette.

- Jeg har to!

Jenta drar fram en identisk pistol fra bak ryggen og gir også den til Edvard. Han har lyst til å banne av begeistring, men vet at de blir sure oppi himmelen hvis han gjør det. To pistoler, ikke til å tro..!

- Med to pistoler trenger du ikke være redd for noenting. Håper Morten og kompisen holder seg langt unna deg, for å si det sånn.

Jenta ser på Edvards tause ansikt at hun har rett. Klart, det var ikke så vanskelig å gjette seg til. Morten var nok den første femteklassingen til å bli fersket med kniv i skolegården, og det på en skole som huset knapt hundre elever. Så hvis det var noen som var troende til å binde fast en liten gutt ute i skogen, så var det Morten. Ikke det at han hadde alkoholiserte foreldre, som ville vært en generalisert årsak til en slik oppførsel. Nei, han bare var sånn. Både mamma og pappa hadde gjort det de kunne når det kom til oppdragelse, men han ville bare ikke bli oppdratt. Hadde han hatt pels ville dyrlegen ha funnet fram sprøyta, skulle man tro på folkesnakket.

- Se om du finner en hjort eller noe, jeg begynner å bli litt sulten. Så skal jeg ha bålet klart nede ved Gullvannet.

Jaktinstinktet tørker de resterende tårer. Edvard løper ut i skogen for å skyte hjort, mens jenta vasser uti en liten bekk og følger strømmen ned mot Gullvannet.

Han retter på slipset sitt. Edvard befinner seg plutselig midt uti skogen, i en del av sin egen fortid. Ved siden av ham ligger flere døde tyskere, noen av dem uten både hode og lemmer. Egenkomponerte pistollyder høres et stykke bortenfor. Han følger etter og ser seg selv som liten gutt, løpende rundt med liksompistolene sine. Noen hjort hadde han ikke funnet, men haugevis av døde, tyske soldater avslører den lille guttens tilfeldige og hektiske rute mellom trærne. Skytelydene blir svakere og gutten forsvinner mellom de fullvoksne grantrærne.

Edvard hører en svak, gjenkjennelig nynning. Bekken er ikke langt unna, og han får straks øye på jenta, vassende nedover strømmen. Toner han ikke har hørt på mange, mange år nærmer seg. Musikk tok ham ofte tilbake til fortiden, men denne gangen var han faktisk der. Kjolen bærer en kraftigere grønnfarge enn på rasteplassen, og hud og hår skinner som honning i sollyset som trenger seg gjennom de tykke greinene. Hun trår på steinene til rytmen av sin egen nynning, og er totalt uvitende om hva som venter bak det store, overhengende grantreet litt nedenfor den råtne tømmerstokken. De svette hendene, knytt sammen til dødelige våpen. Lite ante den lille gutten om at fantasien skulle få fatale følger.

Den lille gutten hopper fram og plaffer løst. Selv om han vet at det kommer, skvetter Edvard. Jenta likeså, en refleks som skulle bli hennes siste. Hun mister fotfeste og blir liggende livløs i bekken. Edvard ser den lille gutten senke pistolene sine. Han smiler, i troen på at jenta bare spiller med. Så ser han rødfargen rennende nedover bekken, varslende alt annet enn lek. Den lille gutten demonterer mordvåpnene og legger på sprang.

Han blir sittende stille under hele middagen i dag, nesten ikke røre maten, klage på vondt i magen. Sittende helt stille under kveldsmaten også, en halv brødskive, fortsatt klagende på vond mage. Våken hele natten, men tør ikke spørre bestemor om å få sove sammen med henne. Da blir han enten sendt til legen neste dag, eller tvunget til å fortelle hva som var i veien. Legen likte han slettes ikke, og løgnen ville bli avslørt når man ikke fant noe feil med han. Nei, dette kunne han ikke si til noen. Han fikk bare lide i stillhet. Og det gjorde han.

Det gikk litt over to dager før de fant henne. Bestemor hadde blitt bekymret, da Edvard, først dagen etter, sa at jenta ikke hadde kommet for å bade. Hun hadde unektelig stått her på trappen for å hente ham. Han bedyret å ha stått ved kjernet og ventet, men hun hadde som sagt aldri kommet. En tung, blank løgn. Så tung at han så vidt klarte å bære den, men de skjelvende ordene var visst troverdige nok for både politi og bestemor. Han måtte også røpe hvor badeplassen var, slik at de visste hvor de skulle lete, noe som falt ham tungt til hjertet, da han hadde lovet henne aldri å fortelle om stedet til noen. Det hjalp lite at hun var død, det kjentes like ulovlig. Episoden hadde blitt hans store hemmelighet, og han hadde verken vært nede ved Gullvannet eller satt sin fot i skogen siden.

21 / XXI

– Beklager det der, var ikke meningen å skyte deg.
Edvard sitter på bordet, med føttene plantet på den tilhørende benken. Han legger Lugeren ned på den slitte bordflaten.
– Er det derfor jeg er her? Jeg vet det var...

Han ser ned på henne. Livløs igjen, akkurat slik et lik burde være.

– Hallo..?

Ingen reaksjon. Edvard drister hånden ned mot jenta for å ta ut den fortsatt brennende sneipen i munnviken hennes. Det ville vært typisk om hun plutselig skulle sperre opp øynene, for så å ta et stort jafs av hånden hans, men det gjør hun ikke. Hun forblir sovende. Han holder opp sneipen, fra sigaretten som har blitt røkt av en død jente. Det er ikke han som har røkt den, det ser han helt tydelig. Han pleide alltid å stoppe i god tid før gløden nådde filteret, og det er ikke et spor av hvitt papir på denne stumpen. Ingen annen mulighet enn å akseptere det, i alle fall til han våkner igjen. Hvis ikke dette var en drøm eller en illusjon av et eller annet slag, så...

Tankerekken blir avbrutt av en mørkeblå Audi, svingende inn på rasteplassen. Plutselig står den her, uten noen form for motordur til forvarsel. Redningen har sneket seg innpå. Og her sitter han på benken, tydelig bakfull, sammen med et lik i en kiste, dunstende av sprit. Han kan bare forestille seg hvordan det ser ut for utenforstående.

Før han får tid til å summe seg og planlegge en forklaring åpnes bakdøren. En liten gutt, kledd i svart bukse og hvit skjorte, løper ut, over veien og inn i skogen på andre siden. Den lille gutten er like gjenkjennelig som i skogen.

– Hva har jeg sagt om å løpe over veien?!

Døra på førersiden har blitt åpnet, og en middelaldrende mann har tråkket ut på rasteplassen. Ei dame kommer ut på motsatt side. De er begge pene i tøyet, han med svart bukse, skjorte og vest, hun med en tynn, rødoransje kjole. Mannen sukker oppgitt og lener seg mot bilsiden. Han tenner en sigarett. Edvard sitter urørlig og ser på. Han vet godt hvem dette er, enn så lenge det er siden han så dem sist.

– Hvorfor må han løpe over veien og langt inn i skogen for å pisse?

Mannen er lettere irritert, men roes straks ned av dama som kommer gående over til hans side av bilen.

– Han er bare en sjenert, liten kar. Akkurat som faren sin.

Edvard overværer paret, lykkelige uvitende om hva de har i vente.

- Hvor mye har han drukket egentlig? Ga du ham mer enn én flaske, nei? Han burde virkelig klare å holde seg under forestillingen.

Mannen tar et nytt trekk.

- Han er bare nervøs.
- Kom igjen! Konserten starter om en halvtime!
- Flere som er nervøse her?

Mannen smiler skjevt.

- Ta det med ro, vi rekker det. Det går ikke noe fortere hvis han må tisse under press.

Hun lener seg mot mannen, tar ut sigaretten og kysser ham. Rolig og lenge. Helt til hun kjenner at skuldrene hans senkes.

- Jeg tuller bare, Edvard, vi har god tid!

Mannen roper ut i skogen og smiler til damen. Edvard hadde sett mamma gjøre dette flere ganger, men aldri skjønt hvordan det virket. Plutselig ble pappa helt rolig, selv om han bare var lettere irritert eller rett og slett illsint. Hun pleide å gjøre det før middag, etter at pappa hadde kommet hjem fra jobb. De udugelige sjefene og kollegaene fordampet på mammas lepper. Det fungerte til og med den dagen Edvard hadde satt i gang en mindre brann rundt togskinnene som gikk forbi utenfor huset deres. Han hadde lekt med en pakke fyrstikker i tørt gress, noe han naturlig nok aldri hadde gjort igjen i ettertid. Togtrafikken måtte stoppes halve dagen, og både politi og brannvesen hadde mange slags spørsmål til Edvards pappa, som etter beste evne prøvde å unngå linsa til lokalavisens utsendte. Kysset før middag varte litt lenger enn normalt, men det fungerte til slutt omtrent like godt som det pleide. Pappa var muligens noe knappere enn vanlig i nattaklemmen, men det var vel ikke mer enn hva man kunne forvente. Nettopp derfor hadde Edvard lyst til at Sarah skulle få leke med ilden. Ikke fordi han ville at hun skulle fyre på togskinner, men fordi det ikke skulle bli så spennende å gjøre det på egenhånd. At hun fikk lov til å gjøre det sammen med ham og Beathe, og på den måten få utløp for nysgjerrigheten under oppsyn, uten muligheten til å skade seg selv eller andre.

Lyden av gamle dekk i høy hastighet nærmer seg. Samtidig kommer den lille gutten løpende ut fra skogen på den andre siden av veien. Han er i sin egen verden og enser ikke bilen, til tross for den harske motorduren. Edvard reiser seg, som om han skal til å løpe ut i veibanen og stoppe seg selv. Før han kommer lenger enn det å plante beina i asfalten, stirrer den lille gutten inn i lysene på den skrensende bilen. Han blir truffet i høyre lår og dunkes ut i grøfta. Bilen fortsetter på unnamanøveren og svinger rett mot det unge paret ved bilen.

Det tar bare et øyeblikk, så er det nesten helt stille igjen. De hylende bremsene er erstattet med høyfrekvent fisling fra en bilmotor. Verken mamma eller pappa fikk tid til å reagere før de ble knust mellom bilene, fortsatt i armene på hverandre.

Edvard ser bare innsiden av øyelokkene sine.

Fislingen blir gradvis borte. Fuglekvitter. Noen som hamrer. Edvard åpner forsiktig øynene igjen, som om han jukser i gjemsel. Han befinner seg på kirkegården. Den lille gutten sitter på trappa inn til kirka, med en gipset fot og ei krykke i hver sin hånd. En eldre dame står ved siden av trappen. Det er tante Eli, som har fått i oppgave å passe på den lille gutten mens bestemor og noen andre slektninger er inne i kirka på likskue. Han hadde blitt parkert på trappen, i troen om at en liten gutt ikke taklet å møte døden. Uansett hvor lyst han hadde til å bli med inn og se dem, så tok bestemor valget for ham. Han skjønte ikke hvorfor det skulle være så forferdelig å se sine egne foreldre, selv om de var døde. Fugler, harer, mus, han hadde vel sett masse dødt allerede. Han ville bare se om mamma og pappa smilte eller var sure.

For det var ikke til å unngå å sitte med en skyldfølelse i magen, selv for en liten gutt som ikke engang forsto hva konsekvenser betydde. Han skjønte jo at hvis bilen ikke hadde svingt unna ham, så ville den ikke truffet foreldrene hans. Og han lurte derfor på om foreldrene var sure på grunn av det. Han forsto kanskje ikke alt som dreide seg om dette med død og sånn, men det hadde vært fint å prøve i alle fall.

Alt ville uansett være bedre enn å sitte i sigarettrøyken fra tante Eli. Hun patter på en Mentolsigarett av ukjent sydenmerke, og løfter litt på det fargesprakende skjørtet, vaiende under den svarte blusen. De røde leppene, som kunne fått et fly velberget ned på jorda, slynger seg brutalt rundt den en gang hvite, selvrullede sigaretten. Hun har festet de halvsløve øynene sine på to unge menn, arbeidende litt bortenfor trappa. De jobber med en frostskadet mur fra sist vinter, og har tatt av seg på overkroppen i den steikende sola. En av dem dunker noen større murklosser nedi jorda ved hjelp av en imponerende slegge. Hvert dunk sender rystninger ned i tante Elis forbudte områder. Ja, hun skulle virkelig likt å kjenne smaken av svetten fra de dampende magemusklene, mens den andre, lyse ungfolen presset jernet sitt inn i hennes vidåpne ringmuskel. Hun skulle trygle etter å få sleggeskaftet presset inn mellom biffgardinene, mens deres hvite safter regnet ned på hennes svulmende fjelltopper og rant ned som seige bekker mot den sprengte kløften, som spylte ut sine lyststrømmer i takt med voldsomme ristninger i avgrunnen.

Tante Eli forfattet ofte erotiske noveller med utspring i egne fantasier. Det ga novellene et originalt og usminket preg, mente hun, selv om hun alltid maskerte de stygge ordene med lette metaforer. Hun hadde blitt noe venneløs på sine eldre dager. De jevnaldrende venninnene var ikke fremmed for litt erotikk i ny og ne, langt ifra, men når tante Eli bydde på sine spontane, usensurerte tanker i enhver anledning, så kunne det bli litt slitsomt. Én ting var å si det hun hadde på hjertet. En annen ting var at Eli fryktet at utenforstående skulle snappe opp skildringene hennes, og måtte derfor alltid hviske ordene til venninnene, tur etter tur. Hun drømte om den store utgivelsen, men merket at hun ble angrepet av en uforklarlig flauhet i forsøket på å la tanker og ord møte papiret. Hun syntes også at det var vanskelig å avslutte setningene når hun ble revet med, og det med tegnsetting hadde hun egentlig aldri mestret.

Novellen formuleres videre, fortsatt med øynene festet til de svette, unge arbeidende. Lykkelig uvitende om hva som foregår i tante Elis hode, øyner den lille gutten muligheten til å snike seg inn kirkedøren, som allerede står på gløtt. Han plukker opp krykkene så stille som han kan og dytter varsomt på døren. De små knirkene prøver håpløst å få tante Elis oppmerksomhet.

Han lister seg inn i våpenhuset. Døra inn til det største rommet er halvåpen, og han kan skimte en liten folkemengde stående helt i enden av rommet. De står samlet ved to lysebrune kister. Han vet hvem som ligger oppi. Edvard, som har fulgt etter opp trappen og inn i våpenhuset, ser på den lille gutten, som varsomt dytter opp døren inn til skipet. Hvert eneste steg avsløres av det gamle gulvet, som ynker seg under den minste tyngde. De store øynene prøver å fange inn så mye som mulig av situasjonen framme ved alteret, men det er nytteløst å se noe særlig herfra. Før han rekker å våge seg noen skritt til innover i rommet kjenner han en fast hånd i kragen. Edvard, stående ved bakerste benk, ser Eli dra den lille gutten ut av kirka igjen, hvorpå straffen skulle bli å måtte sitte i fanget hennes, i nesten en halvtime.

Edvard går knirkefritt fram mot alteret og stopper bak folkemengden, bestående av blant annet bestemor og Rolf. De andre menneskene kan han ikke huske å ha sett før, men de var vel uti slekten et sted. Vel vitende om at de verken kan se eller føle ham, så vil han ikke stille seg uhøflig nært folk. Det var noe av det verste han visste, folk uten intimgrenser. Spesielt når han ble nødt til å prate med dem. Oppi kista ligger mamma og pappa, begge to i hvite, standardiserte klær. De ser presentable og gjenkjennelige ut, tatt den brutale ulykken i betraktning. Rolf har som vanlig gjort en god jobb. Edvard skjemmes litt over at sorgen er fraværende. Men det var så lenge siden, og han hadde egentlig ikke rukket å bli kjent med foreldrene sine, så det var vel forståelig. Både titt og ofte hadde han sett barn av avdøde løpe rundt og leke sisten i begravelsene, og han visste at reaksjonene kunne drøye både ett, to eller fem år. Men før eller siden kom de. Han ventet fortsatt på sin.

Kistelokkene lukker seg.

Edvard står fremst i kirka, nærmest side om side med presten, som fyller kirka med ord om trøst. En preken sitert mange ganger før. Han er ikke uengasjert, det ville være å sette det på spissen, men den genuine medfølelsen hadde blitt en smule tungbedt med årene. Flere ganger hadde han vurdert å gå av med pensjon. Likevel er det noe som fortsatt holder ham i kirka. Kanskje er det Gud, kanskje er det kona, kanskje er det alle barna i koret. Jobben var tross alt koselig, selv om han ikke alltid var så flink til å vise det. Det var dessuten dette han var kommet til jorda for å gjøre. Trodde han, i alle fall. Slike tanker hadde ofte rast gjennom hodet hans den siste tiden, mellom linjene i prekenene han kunne sitere i søvne.

Edvard ser ut på folkesamlingen i kirkerommet. Ikke fullsatt, men heller ikke beskjedent. Noen gråter, mens andre bryr seg mer om den vonde rumpa mot de harde trebenkene. Et velkjent skue. Han får øye på seg selv, sittende på første rad sammen med bestemor. Den lille gutten ser opp på bestemor, som er godt i gang med å væte ut sitt andre lommetørkle. Det var første gang gutten hadde sett bestemor gråte, og det var veldig fascinerende. Som om han ikke kjente henne akkurat nå. Å miste sin egen sønn, i tillegg til sin svigerdatter, som hun etter hvert hadde rukket å bli svært glad i, var en solid påkjenning for den ellers så staute damen, som allerede hadde gjennomgått litt av hvert i sitt lange liv. At bestefar døde var én ting, men for mange år siden gikk hun gjennom en mammas verste mareritt, da hun mistet sin førstefødte, bare noen uker gammel. Den lille babyen hadde et aggressivt eksemtilfelle på hendene, og fikk de små håndleddene bundet fast i grindsenga for at han ikke skulle klø seg til blods. Det endte med at han gråt så mye at han gulpet og kveltes. Det var en sykehustabbe, og det var så lite hun kunne gjøre med det. Aldri hadde hun pratet med noen om dette siden, ikke engang bestefar. "Ingen kan resten av tiden stå ved en grav og klage. Døgnet har mange timer, året har mange dage". Ordene hadde hengt over sofaen så lenge Edvard kunne huske, men han hadde ikke forstått dem før de begynte med diktanalyse i åttende.

Bestemor klemmer hånden hans inn i sin egen, så hardt at det prikker i fingrene. Han føler at det er forventet at han skal gråte, han også, men etter gjentatte forsøk gir han opp. Hodet trekkes i stedet bakover i kirken, til raden hvor Ane sitter sammen med mammaen og pappaen sin. Anes foreldre hadde ofte vært i selskap og slike ting hos dem, så de regnet seg selv som venner, i alle fall omgangskrets, og følte derfor at det var riktig å stille i begravelsen. Ane hadde hatt lyst til å være med, veslevoksen som hun var, noe hun fikk lov til, mot at hun måtte oppføre seg selv om det kunne bli kjedelig. Han oppnår ikke blikkontakt den lille stunden han tør å se på henne, men det var ikke så farlig. Tenk, hun kom i begravelsen hans. Ikke hans da, men likevel.

Edvard, som har satt seg ned på podiet framme ved alteret, ser også på Ane. De store øynene er godt gjenkjennelige, selv om de skulle bli smalere og enda grønnere med årene. Den samme glansen i håret, som i ung alder var blondere enn det mørkebrune håret hun hadde i dag. Det overdrevne antallet ringer på fingrene, som hun heldigvis hadde sluttet med som voksen. De pittesmå øredobbene, som bare kunne klipses på. Hun hadde ikke fått lov til å ta ordentlig hull av mamma, men det ordnet hun på egenhånd med en synål fra formingsfag. Mamma trodde fortsatt hun brukte øredobber med klips, men Ane pleide å skifte til ekte vare på vei til skolen. De små lyserøde hårklypene, på grensen til rosa. De to små føflekkene rett ved øret. Røyken fra hodet. De pittesmå fregne... Edvard stusser på røyken fra hodet. En tynn røyksøyle stiger opp fra hodebunnen hennes, der hun sitter og studerer utskjæringene i taket. Røyken kommer naturligvis ikke fra hodet hennes, men fra noe eller noen lenger bak henne. Edvard reiser seg og går rolig nedover radene. Noen måtte ha fyrt opp en sigarett. Det hadde han bare gjort én gang her inne, da han var fjorten. Da hadde han sett Rolf sint for første, og etter hva han husker, også siste gang. Dette var et sted som skulle respekteres, enten man trodde på Gud, Big Bang eller marsboere. Edvard syntes for øvrig at det var like sannsynlig at marsboere hadde plantet menneskene på jorda, som om Gud skulle tryllet dem fram fra ingenting, men det sa han ikke til noen. At en begravelsesagent helst skulle forholde seg nøytral til slike spørsmål var én ting, vissheten om å bli stemplet som et utskudd en helt annen. Men enn hvor avvikende i troen, han hadde aldri røkt i kirka siden den gang, og prøvde også å sørge for at ingen andre skulle gjøre det heller.

Edvard går nedover midtgangen og passerer Ane og foreldrene, men det sitter ingen bak dem. En sigarettstump ligger og gløder på en av benkene, der hvor Bibelen og sangheftene pleier å stå. Den brenner på siste verset. Verken leppestift eller tegn til fukt på filteret.

– "Dere er jo bare en røk som viser seg en liten stund og så er borte." Jakobs brev 4:14, faktisk.

Den hese stemmen bak blafringen i tynne bibelsider er ikke til å ta feil av. Han blir stående og se på den døende sigaretten. Det siste av røyk som siver ut fra den snart utbrente gloen.

– Han har noen poeng inni her, denne Jakob, selv om han skriver noe uengasjerende. Og det var da ikke måte på langt brev.

Edvard snur seg for å se på jenta, men hun er ikke der. Han ser seg rundt. Tilbake på rasteplassen igjen. Kista er tom og jenta er borte. Livlige drømmer var ikke noe ukjent fenomen, spesielt rundt den tiden han var sengevæter. Han drømte at han gikk på do, og når han da tisset, så tisset han i sengen. Enkel logikk, men veldig plagsomt. Han måtte til slutt få behandling for dette, og ble tvunget til å sove på en tynn metallplate under lakenet. Når han da tisset seg ut, så registrerte denne metallplaten tisset og lagde et forferdelig leven gjennom en tilkoblet boks, som visstnok skulle skremme ham til å slutte. Det funket tydeligvis fint, for etter bare et par-tre uker hadde han sluttet å tisse seg ut. Bortsett fra under ekstremt ubehag.

Sporene fra bilulykken med foreldrene er borte, ikke engang en knust frontlykt er å se. Men, om det er synsbedrag eller ikke, det kan fortsatt skimtes noen vage bremsespor i asfalten. Undringen blir avbrutt av nynning mellom trærne. Den kjente melodien. Det er vel ikke annet å gjøre.

Han baner seg gjennom de tykke stammene med de tette greinene, på vei etter tonene. Det pleide å gå lettere da han var mindre. Skogen var langt livligere også den gang, etter det han kan huske. De grå stammene ruver som steinsøyler på alle kanter. En diffus skikkelse dukker opp og forsvinner mellom trærne, et stykke foran ham. Det hele virker kjent.

– Hei, vent litt, da..!

I et forsøk på å forfølge skikkelsen blir han fort stående tungpustet og holde seg til knærne. Skikkelsen har forsvunnet igjen, han kunne like gjerne spart kreftene. Det kunne ikke være noen andre enn henne. Sangen hennes, den hun alltid nynnet på der ute i skogen, på rygg uti tjernet eller ventende på trappen. Han visste ikke hvor den kom ifra, men han hadde ikke hørt den noe annet sted enn fra henne. Men nå var de borte igjen. Mellom de livløse stammene, høres atter en gang hvisking, tydeligere enn sist gang. Fra flere kanter, bak flere stammer. Uklare ord, som et utenlandsk, mumlende språk. Det er definitivt noe eller noen som lusker rundt ham, kretsende rundt byttet sitt. Like brått stumt igjen. Dryppende dødt, som så mange ganger før. Kun sin egen pust, sakte inn og ut gjennom nesen.

– Ute på tur?

Selv etter alle disse årene er ikke stemmen til å ta feil av. Grov, like lite artikulert, med ordene klebet fast i ganen. Han kunne høres på lang avstand, den brøytende og irriterende stemmen, som fikk ham til å ta flere kvartals omveier, bare for å unngå å komme innen synsfeltet hans. Edvard snur seg og stirrer inn i øynene til Morten. Han hadde flyttet kort tid etter ungdomsskolen, til uoffisiell kakefeiring i kommunehuset, og Edvard hadde ikke sett ham i livet siden da. Han ser, likså jenta, også ut til å være riktig så død, til forskjell litt grønnere i hudtonen. Håret har mistet de røde pigmentene, men er fortsatt like ustelt, den samme småskjeve nesen som heller litt til venstre, de små ørene og den breie munnen. Trekkene hadde ikke kommet til sin fulle rett mens han lå på bordet i annekset, det ble ikke det samme når ansiktsmusklene ikke definerte trekkene. Men nå, like brautende og dyrisk som han kunne huske. Hvis Morten hadde vært et dyr hadde han vært en gris. Blågrønn, med grå, falmede øyne. En muggen marsipangris.

– Morten?

Edvard prøver å legge inn et lite smil i navnet, som om han syntes det er en hyggelig overraskelse å møte igjen gammelt bekjentskap. Men det er slettes ikke hyggelig, så smilet former seg mer som et ubestemmelig strek under nesen. Morten klør seg på brystet, rett ved sin høyre armhule. Klærne hans ser ut til å være fra festen hvor ting etter sigende hadde sklidd ut. Mørk skjorte og grå bukse, begge opprevet og hullete. Det kunne selvfølgelig være at klærne skulle se slik ut i utgangspunktet, men det var tvilsomt at Morten verken hadde ofret mote eller bevissthet en eneste tanke.

– Takk for sist.

Bak Morten står fire andre menn, tilnærmet lik i både hudtone, øyne og generelt dårlig forfatning. Den bakerste, en tynn stake i korallfarget joggedress, ser ut til å ha et lite problem med spyttkjertlene, og har sitt svare strev med å hindre det fra å strømme nedover haken. Edvard får også med seg antrekket til mannen til venstre for Morten. Han er kledd i noe som ligner en soldatuniform fra etterkrigstiden. Det er som om antrekkene varierer fra forskjellige tidsepoker, men det blir visst ikke tid til å studere alle like nøye.

– Løper du fremdeles like sakte?

Litt saktere faktisk, men det er utrolig hvordan full panikk kan få fart på et gammelt esel. Blodsmaken derimot, den er den samme, bare langt mer av den. De innrøkte lungene strever igjen med å behandle oksygenet. Et livredd, gammelt spøkelse. Morten og de fire andre ligger tett i hælene på ham. De løper fort til å være døde. Han kan høre de tørre lungene kvese bak ryggen. Hastig tramping mot den hule skogsbunnen, klær som sneier inntil stammer og greiner.

I farten er det noe som hekter seg rundt Edvards føtter. Han stuper framover, på trynet i mosen. Fiskesnøret. Det grønne, tynne fiskesnøret, kveilet rundt de svarte skoene. Resten av snøret henger fast i et tre, det samme treet han ble bundet fast til. Form og størrelse er ikke til å ta feil av. Den lille bøyen på stammen, kvisthullene, de nakne, symmetriske greinene. Men den lille gutten er ikke å se.

Morten og de andre har hentet ham inn. Mellom lyngen, som ser ut til å gro ut av ansiktet hans, ser han opp på de bedervede skikkelsene. De virker knapt andpustne.

– Rett i nota. Uflaks.

Morten hadde alltid vært knapp i replikken. Edvard kryper bakover, som en edderkopp på ryggen, i flukt fra en gigantisk, grønn fluesmekke.

– Hvorfor skal du ta meg? Hva har jeg gjort deg?

Som hentet rett ut fra barneboken hvor haren trygler reven om å spare livet hans.

– Har bare lyst.

Morten blotter de svarte tennene i et bredt smil. Det lå alltid en god grunn til bunns.

– Nei, kom igjen, vi er voksne mennesker. Hvorfor holder du fortsatt på som et lite barn?

Replikkene blir bare mer og mer patetiske. Han er fullt klar over det, men retorikk hadde alltid vært et fremmedord. Morten har begynt å løsne på fiskesnøret rundt treet. Smilet hans har stivnet. Edvard støtter seg opp på albuene.

– Hva får du ut av dette? Blir du glad av å herse rundt med andre mennesker?

Morten fortsetter å fikle taust med fiskesnøret. Av en eller annen grunn virker det som om Edvard har fått et verbalt overtak på den normalt upåvirkelige pøbelen. Hvis han bare fortsatte å smi var det mulig han kunne unnslippe disputten uten en fysisk resolusjon.

– Jeg kunne dødd her ute i skogen. Er du klar over det? Er du klar over at disse syke tingene du gjør kan få store konsekvenser?

– Og det sier du.

Ordene treffer Edvard i ansiktet, ikke så mye på grunn av Mortens uvante ordvalg, men på grunn av innhold. Han kunne umulig vite noe om noenting. Om hva som hadde skjedd, om hva han hadde planlagt å gjøre. Det var ikke mulig, sannsynligvis et skudd i blinde.

– Jeg må.

For første gang er det tilsynelatende noe annet enn demoner som trekker i trådene bak de små øynene. Det klumpete ansiktet er nesten ikke til å kjenne igjen.

– Hvorfor det?

Morten svarer ikke. Det kan se ut som om han leter etter ord, og det er nettopp da han pleide å være på sitt farligste. Diskusjoner skulle helst løses med knokene.

– Ikke lov til å si.

De siste dagene hadde vært fjerne nok, men at Morten fulgte ordrer var noe man engang ikke kunne drømme om.

– Hvorfor ikke? Hva da?

Spørsmålene er like dumme som selvsagte. Morten knekker løs en stor, død gren fra nabotreet. Han kjenner på vekta og prøver å få et godt grep rundt enden. Edvard ser at Morten sliter med situasjonen.

– Du må bli her. Kom...

Morten holder opp fiskesnøret, med greina, som et forsøk på overtalelse, hengende ned langs låret. De påfølgende ordene vil plante en uhygge i Edvards allerede medtatte kropp, en uhygge ulikt noe han aldri før har kjent på. Ikke fordi ordene er stygge, ikke fordi ordene er spesielt uvanlige. Men fordi det er Morten som sier dem. Slike ord ville han aldri sagt hvis det ikke sto om livet. Og Morten er allerede død.

– ...vær så snill.

Edvards lemmer blir seige. Hodet har samlet samtlige av gjenværende krefter for å prøve å vri seg rundt de tre ordene. Det var skremmende, hva som enn hadde fått Morten til å ytre slike ord. Ord han aldri før hadde tatt i sin munn. Morten hadde aldri bedt om noe, han hadde bare gjort det som falt ham inn, når enn det måtte passe ham. Edvard klarer ikke bestemme seg for hva som var verst. De eller den som hadde fått Morten til å si noe sånt, eller Morten selv, som befant seg i en situasjon han slettes ikke var komfortabel med. En løve i bur, og dessverre i samme bur som Edvard selv befant seg i. Den eneste åpenbare løsningen, som så mange ganger før i det siste, er å flykte. Å løpe. Først fra Morten, og så fra det som senere skulle komme. Morten, fortsatt gripende til den store greina, som moralsk støtte i en ubekvem situasjon, er likevel flere skritt foran. Det var ikke vanskelig å se Edvards manglende vilje til å gi seg frivillig, og da var løsningen så enkel som den var velkjent.

Trestokken kommer susende mot Edvard. En manøver i ren refleks skaper noen centimeters klaring mellom stokken og hodet hans. Flisene fra den halvmorkne greina flyr til alle kanter i møte med bakken. Edvard kommer seg på beina, med armene utstrakt mot Morten.

– Hva er det du...

Morten lar stokken svare for seg. Denne gangen streifer den undersida av Edvards nese og etterlater seg et tynt, lite kutt på overleppa. Om det er instinktet som tar overhånd får han ikke tid til å tenke på, men Edvard merker at hans høyre hånd plukker opp en løs rot fra bakken. Ikke like stor som Mortens stokk, men desto mer håndterbar for en mann av mindre størrelse. Rota, med noe hvit soppvekst på tuppen, svinges ukontrollert mot Mortens hode. Men den treffer. Morten, som fortsatt henter seg inn fra sitt eget svingslag med stokken, merker at noe treffer ham i øret. Edvard blir stående avventende og se på Morten, som prøver å prosessere det plutselige motangrepet. Noen mindre utstikkere har fått roten til å henge fast til Mortens hode. Det var veldig ulikt Edvard å gjøre noe sånt, det kunne de visst begge enes om. Morten løsner rotas feste i øret og drar den av. Av naturlige årsaker gjør det ikke vondt, men det er usannsynlig provoserende. De veksler blikk i en liten evighet.

Nok en gang på sprang, med åtslene hakk i hæl. Den brennende melkesyren prøver å sakke ham, men han ofrer den ikke en tanke. Stopper han, så dør han. Faller han, så dør han. Den rasende gispingen rett bak ham var en bekreftelse på det. Derfor fortsetter han å løpe, enn hvor vondt det gjør. Den ene smerten var definitivt å foretrekke framfor den andre. Føttene fortsetter å bytte plass langs skogbunnen, som blotter både store og små røtter mellom trærne. Noen åpenlyse, noe mer overraskende. Det reneste hinderløp, hvor kun et enkelt feiltrinn blir ens siste. Og det er uunngåelig. Røttene følger tett, så tett at skotuppen er dømt til å sette seg fast til en av dem. Normalt sett ville kroppen hentet seg inn og fortsette å løpe, men de møre beina har ingen krefter til å holde på balansen. Edvard stuper nok en gang mot bakken. Fallende strak ut på magen ruller han seg fort over på rygg. De små forsvarsmulighetene var tross alt noe større denne veien. Men kampen drøyer. Han venter på at Morten og følget skal innhente og angripe ham i samlet flokk. Fortære kroppen hans, rive ut alt som er å rive ut, mens han fortsatt er levende nok til å bevitne det.

Men det blir med ventingen. Ingen kommer. Ikke en gang lyden av noen som løper. Det er umulig, de var rett bak ham bare for et øyeblikk siden, og han hadde ikke akkurat økt farten det siste stykket, tvert om. Han kommer seg opp på beina igjen. Et lite vindpust farer mellom stammene, men ingenting mer. Det er slettes ikke Edvard imot, men han vil ikke bli stående her og nyte øyeblikket for lenge.

Småløpende kommer han ut av skogen og inn på rasteplassen, en destinasjon for første gang både ønsket og forventet. Melkesyren svir i ørene. Hjertet prøver å presse seg ut bak øynene, som flakker ut i skogen. Fortsatt ingen å se. Aldri i livet om han skulle ut i skogen igjen.

– Er denne din?

Edvard får ikke lange stunden i selvmedlidenhet. Jenta sitter på bordet, med Lugeren siktet rett mot ham. Han ser på henne med det rødsprengte ansiktet. Det var hold i det gamle ordtaket, selv om det å kalle Morten for aske var en solid underdrivelse.

– Røyk eller livet?

Hun senker pistolen og legger den på bordet, tydeligvis i det spøkefulle hjørnet. At humor hadde sin essens i god timing hadde nok ikke kommet henne for øret. Edvard leter opp både sigarettpakke og lighter og kaster over til jenta.

– Har vi vært ute i skogen og løpt? Møtte du noen trivelige folk?

Det hånlige smilet er ikke til å ta feil av. Hun visste tydeligvis mer om dette stedet enn han gjorde, noe han for så vidt hadde mistenkt allerede før hun våknet. Edvard stabler seg opp på de ristende føttene og går mot vogna, i søken etter noe som kan slukke halsbrannen.

– Hvem var de?

De snakker i kor igjen. Han snur seg noe oppgitt mot jenta, som smiler skjevt bak en opptent sigarett.

– Fortsatt veldig fascinerende.

Hennes ledige hånd er igjen plassert over hullet på halsen, slik at røyken ikke skal sive ut av systemet. Edvard fisker opp en flaske øl fra kista, samt en rull sølvtape fra en blå, liten verktøykasse. Han setter seg ned sammen med jenta, på den andre siden av bordet.

– Tør du virkelig sitte der, *så* nært?

Edvard begynner å fikle med taperullen, taus i svaret. Jenta holder på smilet.

– Hvem de var, sier du?

Nytelsen av å sitte på informasjon er overtydelig. Fortsatt tiende river han av en bit sølvtape fra rullen og holder den opp til henne. Det tar litt tid før hun skjønner og tar imot. Tapebiten klistres over hullet i halsen før hun trekker ned igjen. Fornøyelsen ved å tette røyklekkasjen er åpenbar.

– Jeg vet jo ikke hvem du møtte.

– Sånne som deg, flere av dem.

– "Sånne som meg"? Du trenger ikke ta den rasistiske tonen, vi har faktisk et navn.

– Hva da?

– Det kan jeg ikke si.

– Hvorfor kan ingen si noe som helst rundt her?

– Åja, han klarte å holde kjeft? Det hadde jeg ikke trodd.

– Da kjenner du Morten regner jeg med?

– Kjenner og kjenner.

– Hva skal det bety?

– Ikke så mye, egentlig.

Edvard orker ikke engang sukke.

– Men vi har et felles mål. Bare forskjellige metoder.

Hun tar et godt trekk av sigaretten og lar ham prøve å fordøye de gåtefulle ordene. Edvard tømmer halve flaska i en eneste slurk. Innholdet lindrer godt på vei ned.

– Tydeligvis.

- Jeg kan jage deg litt rundt i skogen hvis du vil det, altså. Bare si ifra. Få med Morten på en ny runde, kanskje? Jo flere, jo bedre.

- Vet ikke hvor han ble av, forsvant plutselig. Både han og resten av gjengen.

- Sier du det? Bare sånn helt plutselig?

Det hånlige smilet igjen, som gradvis falmer idet hun lener seg langsomt mot ham.

- Morten er en slem gutt. Er du?

Edvard prøver å holde den forvirrede fasaden, men irritasjonen over å bli konfrontert med det bedrevitende spørsmålet skinner igjennom.

- Kom til poenget!

- Er det noe som haster?

Nok en slurk, langt mindre enn den forrige. Han unngår øyekontakt med jenta, som korter ned sigaretten i lange, rolig trekk. Hun tapper på sigaretten, slik at asken faller ned i en liten haug på bordet.

- Hvordan går det egentlig med Beathe?

XXII

Morgensola bryter gjennom små sprekker i de brune bambuspersiennene og kaster lysstriper inn i det ellers dunkle soverommet. Strålene streifer halve ansiktet til Edvard, som ligger strak ut i søndagsmodus, diagonalt over dobbeltsengen. Småfuglene høres i det fjerne gjennom det halvåpne vinduet. Døra inn til soverommet åpnes forsiktig. En kvinneskikkelse kommer gående inn i barføttene, iført en altfor stor dresskjorte, bærende på to kopper med rykende innhold. Hun bruker aldri sine egne klær på søndager. Det er dagen i uka hvor hun pleier å sprade rundt i hans romslige skjorter og ingenting annet, fra morgen til kveld.

– Hun sover fortsatt...

Kvinnen gir Edvard en av koppene, som er fylt til randen med kakao. En tynn hinne av snerk ligger over den brennhete sjokoladen, akkurat slik han liker det. Hun smiler til ham og setter seg ned på sengekanten, blåsende på sin egen kopp. Hun så nesten uvirkelig ut i morgenlyset. Tenk at det skulle bli de to, han og Ane. De grønne øynene skinner bak dampen fra koppen.

– ...og hvis du er veldig stille, så sover hun til vi er ferdige.

Hun smiler til ham over koppen og tar en stor slurk av den varme kakaoen. Den er nesten for varm til å drikke. Ansiktet hennes skinner i små svetteperler, da rommet er så klamt som det bare kan være midt i juli. Han kunne kjenne duften av henne allerede før hun kom inn. Men nå, når hun sitter ved siden av ham på sengekanten, glinsende fra den fuktige luften i rommet, er den overveldende. Hun holder den varme kakaoen inni munnhulen og finner veien under teppet. Han vrir seg og prøver å holde på lydene. Kakaoen skvetter utover lampe og bøker i forsøket på å plassere koppen sin på nattbordet. Ane har oppnådd målet og kommer krypende opp overkroppen hans. Hun smiler lurt før hun løfter det ene benet over han og setter seg til rette. Bevegelsene er så rolige og lydløse som mulig.

– Jeg satte inn et brett med boller i ovnen. Vi får vekke Sarah til frokostbord etterpå.

Edvard er glad i boller, men klarer ikke vise entusiasme for så mye annet akkurat nå. Men det var veldig snilt av henne, det hadde han ikke kommet på å gjøre selv. Han lugger lakenet med begge hendene.

– Jeg kjøpte forresten tolv Frydenlund til deg i går, holder det til helga? Hvis ikke kan jeg dra innom og kjøpe noen flere, skal uansett ned til kaiet og handle reker til kvelds.

Så herlig. Øl og reker til kvelds, det er det beste han vet. I alle fall det nest beste. Takten øker gradvis.

– Var forresten innom annekset i går og fikset gjestene til mandag. Tenkte jeg skulle bruke dagen i dag til å male huset, og da kan du jo sitte på altanen og se til at jeg får med meg alt.

Han var ikke uvillig til å ta i et tak, men Ane var ofte langt forut for ham, og viste attpåtil stor glede over å kunne gjøre disse tingene, og da hadde han ikke lyst til å dempe entusiasmen på noen måte. Det betydde sikkert mye for Ane å kunne vise gjensidig affeksjon når han var så ivrig på å oppvarte både henne og Sarah, den ideelle familiefaren som han var.

– Vi har det fint sammen, ikke sant? Du, meg og Sarah?

Han nikker tungpustet, med øynene lukket. Duften av henne er nå nesten til å smake.

– Husker du forresten venninna mi på ungdomsskolen som var så forelsket i deg, Beathe?

Han rister på hodet. Navnet virket kjent, men han får ikke opp noe ansikt.

– Nei, ikke jeg heller.

Han begynner å gispe etter luft. En varme brer seg som et teppe over kroppen hans. En ting var å ligge her, en helt annen ting var det å faktisk glede seg til å stå opp. Å ta fatt på dagen sammen med Ane og Sarah. Det kunne ikke en gang defineres som å ta fatt, den bare kom av seg selv. Uten anstrengelse, uten hinder, uten problemer. Og at det skulle være slik i neste uke, i neste måned, resten av året og resten av livet var helt uforståelig, men samtidig så selvsagt. Gledesutbruddet er snart ikke til å holde på lenger.

– Bare kjør på, vi rekker en til etterpå.

Han våkner av en varm og klissete følelse på magen. Duften av henne henger igjen. Ikke før han motvillig åpner øynene forsvinner den. Beathe, sovende tungt ved siden av ham, har heldigvis ikke våknet. Ikke engang nattoget vekker henne, susende forbi utenfor vinduet på samme tid. Men noe så utgjort, nå må han skifte sengeklær, og de som skiftet her forleden. Han får være så uheldig og søle kaffe eller noe i senga, bare så hun ikke begynner å spørre og grave om hvorfor han skifter nå igjen. Det monotone regnet mot soveromsvinduet hindrer ham i å returnere til drømmeverden.

Ingen boller i ovnen. Edvard er halvveis til stede ved kjøkkenbenken og smører matpakke til Sarah, som sitter og kludrer med noen ark ved kjøkkenbordet. Boms hopper opp på benken og gjør seg så god han kan, i håp om å få seg litt smør på morgenkvisten, men den iherdige purringen er forgjeves. En morgengretten hånd dytter han brått ned på gulvet. Beathe har kommet inn på kjøkkenet, fullt påkledd i motsetning til Edvard, som bare har kommet seg i morgenkåpen. Hun har kjørt streng dressur på katten siden de fikk skapningen i hus, noe som for så vidt har fungert til tross for det noe defekte hodet under de store ørene. Men enn hvor småskadet han var, så visste Boms utmerket godt at det fantes et svakt ledd i familien. Edvard ønsket bare å være snill med katten, hver gang han lot Boms sleike av smørkniven, men at det på samme tid irriterte Beathe var ingen ulempe.

– Hvorfor ligger disse her?

Stemmen er skarpere enn brødkniven. Beathe har fått øye på papirene som Sarah holder i hendene. Det er bilder av avdøde, noen før ulykker, andre etter, med tekst og personalia oppført i en avlang kolonne ved siden av. Bildene er ikke grove eller avskyelige på noen måte, da ville han selvsagt ikke ha latt dem ligge der, men det er like fullt bilder av døde mennesker. Edvard trykker sammen to skiver til en nugattisandwich.

– Hva er galt med at hun ser på dem? Det er en del av livet som alt annet, spesielt livet vi lever.

– ...som små jenter ikke er klare for. Vi har snakket om dette.

– DU har snakket om det, ditt jævla hespetre!

Lysten til å skvise ut ordene er påtrengende, men de får godgjøre seg i hodet en stund til. Det skulle ikke mer til enn én setning, så hadde livet snudd seg på hodet. Og ja, en dag skulle det skje, en dag skulle alt snus opp ned og vel så det. Opptil flere ganger, rundt og rundt. Han kunne ha sagt det nå, det ville tatt ham to sekunder, men det måtte nesten komme ut av en situasjon som la grunnlag for slike ord. En dag hvor de kom ut av seg selv, som en overmoden kvise mot speilet.

Beathe samler sammen de siste bildene fra kjøkkenbordet.

– Hun vet ikke hva det å være død betyr ennå. Disse bildene gir henne bare mareritt.

Edvard går bort til Beathe og river bildene lett demonstrativt ut av hendene hennes. Nok til å være bestemt, men ikke for hardt til å starte en krangel. Det fristet ikke så tidlig på morgenen. Han viser et av bildene til Sarah. En ung mann har vært i en bilulykke, med klemskader i mageregionen som dødsårsak. Ansiktet er intakt, men prydet av noen mellomstore sår og merker etter sammenstøtet med bilens interiør. Edvard holder bildet opp foran Sarah.

– Hvorfor er øynene hans lukket?

Sarah lar øynene vandre over den unge mannens ansikt.

– Han sover.

– Nesten. Hvis han ikke sover, så er han...

Sarah tenker seg om til ansiktet gløder opp.

– ... død! Han er død..!

– Akkurat. Som de to fiskene som ikke kunne puste. Var de skumle?

– Nei, men litt slimete.

– Ja, litt slimete var de, men ikke skumle. Er denne mannen skummel?

– Neiii... Men rar på håret.

Sarah fniser. Litt på gøy, litt ondskapsfullt, slik bare Sarah kan.

– Ja, har du sett, for en sveis. Men hva er skummelt da?

– Edderkoppen!

Svaret er åpenbart.

– Ja, edderkopper er kjempeskumle. Og mannen er vel også kjempeskummel?

Sarah rister stille på hodet, litt forvirret. Hun sa jo nettopp at mannen ikke var skummel, og da kan han vel ikke være kjempeskummel heller. Pappa skjønner ingenting.

– Er pappa kjempeskummel?

Edvard har aldri vært best i gata på å skjære grimaser, men han gjør så godt han kan, supplerende med to edderkopphender ved siden av det forvrengte ansiktet sitt.

– Ja, skummel!

Sarah fniser høyt.

– Og vet du hva?

Hun vet hva som kommer, og hun vet at det kiler.

– Neeeiiii…!

Beathe har aldri vært glad i høye lyder, og en fnisehylende jente på snart sju år er langt mer enn hun kan takle på denne tida av døgnet. Hun tar Sarah i hånden før edderkoppene når magen hennes.

– Kom igjen, Sarah, vi må komme oss på skolen. Sent ute allerede.

Beathe fisker med seg Paddelars fra ryggen på kjøkkenstolen og drar Sarah mot døra.

– Husk å stikke innom Ane etter du har hentet Sarah, du må plukke opp de bukettene til seremonien til Eriksen i morgen. Og glem nå ikke å dra til Sverige..!

Beathe og Sarah forsvinner ut døra. Han vet vel godt at han skal til Sverige i dag. Og han vet enda bedre at han må hente bukettene, det hadde han tross alt gruet seg til hele helga. Boms hopper straks opp på kjøkkenbenken og går løs på smørboksen. Edvard blir stående og se på katten som mesker seg uforstyrret. Over den litt for korte morgenkåpen formes et misunnelig ansikt. Spise, sove, kose. Og spise igjen. Han gjør akkurat det han har lyst til. Og er det noe han ikke får lov til, så er en kalddusj bak øret det verste som kan skje. Med snuten plantet langt nedi boksen rister pelsdyret til ekstatisk purring.

XXIII

Motoren purrer ikke. Den brummer som en sulten bjørn. Baki vogna ligger kisten, fullstappet med godsaker fra Sverige. Han hadde ikke engang sett tollerne, så turen hadde gått så smertefritt som mulig. Men det var nå den store utfordringen kom. Edvard har nettopp hentet Sarah fra skolen, og sitter atter en gang på tomgang utenfor blomsterbutikken til Ane. Sarah synger på en forferdelig sang hun har lært på skolen, noe om en kar som spiller på øser, akkompagnert av iherdig fikling med Zippo-lighteren. Tenner og slukker, til den evinnelige lyden fra lokket som åpner og lukker seg. De er allerede sent ute til grillingen som Beathe har planlagt i hagen. Hun sitter sikkert klar med varm grill og alt. Han kan høre overhalingen allerede. Men det var da ikke hans skyld. Sarah hadde mistet regnjakken et sted ute i lekegården, og den måtte selvfølgelig finnes før de kunne dra hjem. Den lå under en bøtte i sandkassen, tilgriset av fersk sandkake. Sarah hadde sett hvordan mamma hadde hevet baksten sin, og hun ville prøve det samme. Opp ned, tydeligvis. Han tar lighteren fra Sarah og legger den ned mellom setene, nok en gang til et slukøret ansikt.

– Snart tilbake.

Edvard stopper vogna og er på vei ut.

– Jeg vil være med.

– Nei, vent her i vogna, du.

– Da vil jeg låse opp.

– Husker du hva som skjedde sist?

Sarah ser ettertenksomt ned i setet og bryner seg på pappas solbriller. Ja, hun husker.

– Jeg skal være snar.

Edvard kjenner at han blir flau over å bråke så mye med dørklokken. Butikken er tom, som vanlig på denne tida. Det kunne virke som om blomsterbutikken gikk dårlig, men han var tross alt kommet ti minutter etter stengetid. Han rakk ikke komme tidligere, men Ane visste at han skulle hente bestillingen i dag, så hun hadde latt være å låse. Hun hadde uansett noen potter som skulle gjøres ferdig til en eller annen sekstiårsdag. Det var stor etterspørsel på Anes hjemmelagde potter, nesten så stor interesse at det ikke ble noe stas å ha dem lenger. Men de var fine, det kunne til og med han se, selv om han ikke var noen pottemann.

– Kommer straks!

Ane roper fra bakrommet, tydelig i vigør med ett eller annet. Han skulle ha funnet på noe lurt og morsomt å rope tilbake, men etter mange dårlige forsøk opp gjennom årene var det best å gå for noe helt ordinært.

– Den er grei.

Edvard studerer en diger vekst, lenende inntil disken. Den hadde stått her så lenge han kunne huske, og med god grunn. Den så ut som en våt, utstrukket puddel, med noen snodige byller opp etter stammen. Var visst importert sa hun, men hun hadde aldri sagt hvor fra. Han hadde flere ganger smilt og tenkt med seg selv at den måtte stamme fra Tsjernobyl, men det turte han ikke si høyt. Ane kunne enten oppfatte det som et personlig angrep på henne, eller rett og slett som noe unødvendig hjerteløst å si om denne stakkars planten. Eller begge deler. Stygg var den i alle fall.

Ane kommer ut fra bakrommet, bærende på en diger, rødbrun potte med mønster gående rundt hele kreasjonen. Litt småskjevt mønster, men det var vel litt av sjarmen. Han kunne ikke brydd seg mindre om mønsteret, han har nok med å prøve å puste gjennom munnen og holde blikket i gulvet.

– To sekund, skal bare få pottene ut hit. Så varmt der inne, ikke bra for materialet. Siger liksom litt i hop.

Han later som han er interessert i noen små blomsterdekorasjoner som står til utstilling ved kassen, og prøver å bruke disken som en slags buffer mellom dem. Fem kroner for en liten klipegreie man kan feste til stilk eller stamme. Han plukker opp en liten, rosa bille med et overivrig smil.

– Oi, den var fin. Tar den også, jeg.

Ane smiler og børster av hendene mot den allerede skitne og svette toppen. Hun pleide ikke å ta imot kunder slik, hun hadde tross alt rene og mer anstendige klær, det hadde han sett, men hun skulle åpenbart bruke slike plagg hver gang han var innom. Han hadde vel seg selv å takke, det var tross alt etter arbeidstid, og hun kunne kanskje ikke forme potter i finstasen. Ane går ut på bakrommet igjen og kommer ut med nok en potte. Hun virket litt annerledes i dag, et knappere smil muligens. Og lukta var heller ikke helt den samme. Ikke ubehagelig, for all del, men noe forskjellig fra slik hun pleide å dufte.

Vel forbi disken sklir den glatte potta ut av hendene hennes og går i tusen knas mot det flisbelagte gulvet. Bitene finner veien under både disk og kasser. Sikkert over hundre biter, strødd sporadisk utover det rødlige linoleumsgulvet. Hun sier ikke noe, men blir bare stående og se på de flerfoldige bitene. Øynene hennes fylles med tårer, og en hånd går opp mot nesen i selvtrøst. Edvard blir stående rådvill bak disken, på en helt annet måte enn han pleide å være her inne. Nå ble han nødt til å engasjere interaksjon med henne, ikke unngå. I noen sekunder vurderer han å løpe ut, ut av butikken og spinne av gårde. Ikke at han gjør så mye mer nytte av seg nå, der han står med halvåpen munn bak disken. Ane prøver å puste rolig ut.

– Sorry. Det går bra. Bare litt mye stress fram mot bryllupet og sånt. Mye greier å tenke på, er bare det. Får laget en ny i morgen, så det går bra...

Hun prøver å veie opp for noen rennende tårer med et tillaget smil. Edvard retter tydelig på beinstillingen sin.

– Nervøs? Eller har du fått kalde føtter, kanskje?

Det bare plumper ut, med et påklistret smil. Tenk om hun virkelig hadde kalde føtter, også står han her og gliser av det. Idiot.

– Neida, ikke noe sånt. Alt er bra. Det er bare så mye som surrer rundt oppi her. Ingenting som er helt på plass, hvis du skjønner?

Edvard plukker opp en ny klipegreie fra disken. Han studerer den grønne kreasjonen, forestillende et monster som geiper tunge og presser fingeren mot hodet.

– Det er bare et bryllup.

Det er aldri *bare* et bryllup for kvinner. Det er den største dagen i deres liv. Slettes ikke noen bagatell, det måtte til og med han forstå. Men det var ikke som om han hadde planlagt å si det.

– Ja, det er sant, det...

– Det er ikke som om det er den viktigste dagen dere kommer til å ha sammen. Det er bare en markering. Og dere er jo glade i hverandre, det burde holde, ikke sant? Jeg er sikker på at om du kom i kirka i det du står og går i nå, så ville han sagt ja på flekken. Det hadde i alle fall jeg gjort.

Det tar litt tid før han hører seg selv ytre ordene. Han hadde ikke engang tenkt å si noe i det store og hele, bare la emnet ligge dødt, hjelpe henne med å plukke opp noen biter og dra. Også står han plutselig her og utbasunerer både det ene og det andre. Hun måtte tro at han var totalforstyrret, noe hun i så fall ville ha fullstendig rett i. Men Ane bare smiler. Et oppriktig smil denne gangen.

Før han får summet seg har Ane gått bort og tatt et godt tak rundt ham med begge armene. Ikke lenge-siden-sist-klemmen, men en oppriktig, helhjertet klem. De stive armene går automatisk rundt henne og tar et pertentlig tak rundt korsryggen. Han hadde trøstet utallige pårørende på samme måte, så det var kanskje derfor det falt seg som en naturlig ting å gjøre, enn hvor rådvill han nå er. Midjene deres møter, og han kan kjenne hvordan overkroppen hennes presser seg inntil dresskjorten. Hendene hans mot den klamme korsryggen. Hodet lenet mot hans venstre skulder, håret hennes rett ved nesen. Duften er ikke til å unngå. Den smyger seg inn neseborrene og trekker øyelokkene igjen. Og de forblir lukket i den lengste klemmen han kunne huske å ha gitt et voksent menneske. Han har aldri tatt på denne kvinnen før, og plutselig står hun slynget om halsen hans. Ingen voldsom innvendig eksplosjon eller fryktet ereksjon. Ingen skjelving i knærne, ingen kvalme. Ingen endorfinfest i hodet. Bare en ubeskrivelig ro og trygghet. Som å ligge under en stor og varm dyne, med hodet sunket ned i en myk, nyristet pute. Ane humrer.

Øynene åpnes igjen, fortsatt i armene på Ane. Hun løsner på grepet og tar et steg bakover, børster noen hårstrå til side for ansiktet, fortsatt med et smil om munnen.

– Beathe kom meg i forkjøpet.

Hun retter litt på toppen sin og lener hofta inntil disken, fortsatt bare en liten meter fra Edvard. Det vanligvis utadvendte vesenet virker litt brydd, men hun smiler fortsatt.

– Jeg vet ikke om du merket det, men jeg så etter deg hele ungdomsskolen. Og gymnaset. Men jeg turte aldri å gå bort og prate skikkelig med deg, sånn mer enn "hei" og korte setninger og sånt. Men det gjorde Beathe.

Edvard hører ordene, men forstår likevel ikke hva hun står og sier.

– Merkelig hva man tør å innrømme etter hvert som tida går. Begynner å bli lenge siden nå...

Hun ler og rister litt på hodet.

– Rart hvordan ting bare skjer, ikke sant? Plutselig står man bare her.

Han hører seg selv svelge.

– Men takk for peptalken. Du har helt rett, det er bare et bryllup. Kvinnfolk og følelser, vet du. Ikke en bra kombinasjon.

Ane smiler til ham, uten at han får seg til å respondere. Hun går bak disken og henter noen blomsterdekorasjoner.

– Det var disse, ja. Jeg har dessverre ikke fått tid til å lage den siste, men dere trenger den vel ikke før i morgen uansett?

Svaret blir fraværende.

– Jeg skal gjøre den ferdig i løpet av ettermiddagen, så kommer jeg innom med den på vei hjem. Går det bra?

Døra lukkes bak ham, til lyden av fjerne bjeller. Vanligvis er han bevisst igjen på dette tidspunktet, men selv ikke den klare sensommerluften klarer å nullstille sansene. Han husker ikke om han hadde hjulpet henne med å plukke opp bitene engang, han står bare plutselig her. Som hun hadde sagt. Det er ikke en smerte han kjenner, ikke noe stikk i brystet. Bare ren utmattelse. Hånda holder fast i blomsterdekorasjonen, og han står fortsatt oppreist, så det er ikke kroppen som er tom. Det er hodet. Ute av stand til å gripe en tanke, ute av stand til å knyte sammen de enkleste tråder. Kun to ord dukker opp. Et spørrepronomen og en subjunksjon, etterfulgt av mange, små prikker, som han forgjeves prøver å knytte sammen.

Et jentehyl visker vekk prikkene et øyeblikk. De samme rampungene fra tidligere er nok en gang på krigsstien, og denne gangen spruter de vann inn det halvåpne bilvinduet. Sarah hyler til strålene fra vanngeværene. En okse tar sats fra trappen og mot bilen. De to guttene prøver å flykte fra ristningene av Edvards tramp, men han får tak i begge skolesekkene og holder dem igjen. Han slenger guttene oppetter vogna, knekker vanngeværene deres mot kneet og dryler bitene bortover veien. Guttene påbegynner en duo av strigråt. Edvards øyne er kullsvarte. Han griper guttene rundt kragen og løfter dem opp etter bildøren. Det frister å dunke hodene deres til småbiter mot glassruten.

– Høøøi!

Som en gjenskapelse av sist gang kommer Storepappa igjen til unnsetning. Denne gangen kommer han ut fra Rema, med to fullsprengte handleposer i nevene. Den store mannen kaster fra seg plastikk og innhold, så både egg og rødbeter flyter utover asfalten. Nå skal han jaggu meg radbrekke dette udyret som herser med ungene hans, en gang for alle.

– Sa jeg ikke at du...!

Edvard slipper guttene ned på asfalten og fyrer til Storepappa rett over nesen, med knyttet neve. Muskelbunten blir stående og gynge av det relativt harde slaget. Han tar seg til nesen og ser forfjamset på blodet som renner nedover fingertuppene. Edvard ignorerer smerten i knokene og slår enda en gang, like hardt på samme sted. Slaget sender den store kroppen i bakken.

– Om...eh...

Edvard setter seg over ham og fortsetter å slå, fortsatt bare med høyre hånd. Han hadde aldri vært noe god med venstrehånda, så den ville ikke gjøre store skaden. Og nå er det skade som teller. Tennene begynner å løsne i munnen på den store mannen, som forsøker å be om nåde der han ligger i sin egen lille dam av blod. Guttene ser forskrekket på at den gale mannen maltrakterer ansiktet til den sterke pappaen deres, som hadde rødt belte med to striper i karate og alt. Harde slag, alle som sine egne vonde år. Og det blir bare mer og mer destruktivt, både for ham selv og hans utvalgte. Først når den store mannens pust begynner å gjøre seg synlig i form av små blodbobler i nesen, stopper Edvard.

Noen kvartal lenger opp i gata har isbilen begynt runden sin. Den knapt hørbare temalåten akkompagnerer Edvard idet han reiser seg opp. Han blinker bort duggen. Joda, han er fortsatt utenfor blomsterbutikken. De røde og forslåtte knokene tørkes mot buksebenet. Blodet skjuler seg i det svarte stoffet. Den åpne dressjakken, på sin side, har ingen planer om å tildekke episoden. Edvard ofrer ikke et eventuelt publikum en tanke der han står, med den hvite skjorten tildekket i stormannsblod. Som om man hadde dratt fingeren over en stiv pensel med rødmaling. Det kunne vært et kunstverk fra barnehagen, med både store og små prikker sprayet tilfeldig utover lerretet, med sporadiske håndavtrykk her og der. Kunsten har imidlertid intet publikum, bare de to forskrekkede guttene. Sarah har heller ikke fått med seg forestillingen, ettersom hun alltid gjemmer ansiktet sitt i den myke magen til Paddelars når hun gråter. Edvard knepper igjen den svarte dressjakken og skjuler den blodige skjorta, før han setter seg inn i vogna sammen med Sarah. Han gir det tårevåte ansiktet et framtvunget smil før han vrir om tenningen og blinker rolig ut på veien.

Beathe tømmer kull i den tomme grillen. Av en eller annen grunn hadde hun ikke kjeftet på de tjue ekstra minuttene de hadde brukt på hjemveien. Hun hadde muligens en god dag, eller så var det var noe med uttrykket hans som tilsa at han ikke var mottakelig for kjeft. Han sitter i en blomstrete solstol og gnur seg på de såre knokene. Tannmerkene er fortsatt synlige. Han burde kanskje finne et alibi til skaden hvis Beathe skulle kommentere den, men han bryr seg egentlig ikke. Søksmålet fra Storepappa fikk bare komme det også, hvis han noen gang turte å innrømme at han ble mørbanket av en mann to størrelser mindre enn seg selv.

Sarah jobber intenst med å få fyr på grillen. Det stive blikket prøver å koordinere fyrstikken mot siden av esken.

– Forsiktig, plutselig tar det fyr.

Beathe holder seg nært til Sarah, som kaster på flere og flere brennende fyrstikker, til hun plutselig blir belønnet for strevet. Sarahs ansikt lyser opp til den flakkende varmen som stiger opp av grillen.

– Der ja, flink jente! Nå må vi bare vente til den blir varm, så kan vi hive på pølsene.

Sarah henter en pølse på bordet og hiver den på.

– ...eller du kan hive på nå, hvis du vil.

Sarah stirrer på pølsa, som på under lite minutt får skinnet forkullet av de sultne flammene. Edvard heller i seg siste slurk fra ølflaska. Han kan ikke huske at det smakte noe, bare et eller annet flytende. Men det var ikke smaksopplevelse han brydde seg om nå. På den annen side brydde han seg like mye om det som alt annet. Ingenting fyller ut sin funksjon, spesielt ikke hodet. Det er en bolle med overkokt grøt. Varmt, seigt og uadskillelig.

– Ser ut som vi må ekspandere med krematorium etter hvert.

Hun hadde valgt en dårlig dag å være glad på. Men det forsto seg, hun hadde vært på Monumentservice i dag, og sannsynligvis blitt grundig ekspedert av ham med barten. De fikk gravsteinene levert av et byrå i byen som spesialiserte seg på nettopp gravsteiner og inskripsjoner, da dette var noe Edvard definitivt ikke hadde tid til å inkludere i sin egen bedrift. Beathe hadde alltid insistert på å dra til Monumentservice alene, da fordi hun mente hun var den eneste med kunstnerisk sans og dermed den beste evnen til å videreføre de pårørendes ønsker på en best mulig måte. Edvard hadde på sin side henne sterkt mistenkt for å få gravert litt av hvert på Monumentservice. Men han ga egentlig totalt blaffen, spesielt i dag.

– Du var da veldig stille i dag.

– Ja, nei, litt vondt i hodet.

– Alt klart med Eriksen til i morgen, ikke sant?

Hadde hun bare kunne holdt kjeft og grillet pølse.

– Vil tro det...

– "Vil tro det"? Seremonien begynner klokka ni..! Du får ikke tid til å gjøre det i morgen tidlig. Vi må....

Det var vel bare å fullføre samtalen, den kom ikke til å bli avsluttet av seg selv. Men han gidder ikke la seg provosere av Beathes høye tonefall på siteringen, eller hennes stressreaksjon ved å legge beina og armene i kors. Virkemidler som vanligvis tirret ham langt ned i margen.

– Kent Robin fikser Eriksen.

– Er han der nå? Alene?

– Han har jobbet sammen med meg hele sommeren og har vært der alene mange ganger før. Han vet hva han gjør.

I annekset står Kent Robin og fikler med et videokamera. Han setter det på et ustødig stativ og sikter mot en død middelaldrende mann, liggende på prepareringsbordet. Kent Robin tar en siste kikk ut kjellervinduet for å se at ingen er i nærheten. Han plystrer stille og ukontrollert, i et forsøk på å roe ned nervene. En stor, svart bag åpnes midt på gulvet. Han trekker ut en ulvemaske, en svart kappe og et halvlangt fantasysverd. Det er en replikakopi av Frodos sverd i Ringenes Herre, men er like fullt tung og spisst, nok til å gjøre godt med skade. Ulvemaska, som er forholdsvis realistisk framstilt, bestilte han på eBay fra et effektbyrå som har stått for spesialeffektene på mange Hollywoodfilmer. De hadde nå fått det trangt på lageret og auksjonerte dermed bort over halve beholdningen av både masker og effekter. Kent Robin måtte ut med litt over to tusen kroner for maska, noe han så på som et godt kjøp. Det gjorde nok ikke mamma og pappa, men de visste jo heller ingenting om det. Han drar på seg masken og fester kappen rundt nakken. Kappen er en del av et gammelt Draculakostyme han brukte mye som liten, og rekker derfor ikke lenger enn til hoftene. Kappe er det like fullt. Han må kjempe for å få oksygen gjennom de små åpningene i maska, så svetten tar til å renne nokså kjapt etter iverksettelsen av repetisjonen. Bare en siste sjekk på at han husker bevegelsene, han har selvsagt øvd dem grundig inn på forhånd.

Han starter videokameraet og plukker opp sverdet. En mystisk skikkelse entrer venstre billedkant og fortsetter bortover mot bordet. Skrittene er rolige og vuggende, det er noe hellig over hele seansen. Han stiller seg ved overkroppen til mannen. Sverdet løftes over hodet med to skjelvende hender, med spissen pekende ned mot den døde mannens brystkasse.

– And to You I sacrifice, a pure body to the undergrou... undergraunn...

Kent Robin fikk bare to i muntlig engelsk til sommeren. Et oppgitt stønn fra bak masken. Sverdet senkes og Kent Robin går tilbake bak kamera. Det er bare å prøve på nytt.

Rolf sitter og maler en benk, et stykke bortenfor annekset. Han nynner på en gammel dansebandvise fra den gang han var ung, kun avbrutt av hyppige, små sup fra lommelerka. Han trives med å gjøre arbeid etter sin egen klokke, spesielt på et rolig og ufarlig sted som dette. De bor i en bedagelig, liten by, men kirkegården hadde alltid vært senteret i syklonen, et sted hvor stresset kunne slenge beina på bordet. Unntatt julaften, da var det kø på kirkegården, med slekt som skulle gjøre sin årlige og samvittighetsfulle visitt med både fakler og lys. Men når mørket senket seg, og folk flest hadde kommet i gang med middag eller gaveoppakking, da trådde magien inn. Han kunne stå her i timesvis. Lys og fakler på alle sider, glitrende mellom nysnøen som gjorde sin entré i kveldsmørket. Han var ikke religiøs, og hadde ingen planer om å bli det, men akkurat da rådet en uforklarlig ro og trygghet her, noe han bare kunne beskrive med ett ord. Et ord som ofte var knyttet til tro, en form for overbevisning. Men det fantes ikke noe annet ord som kom nærmere. Hellig, var det. På en eller annen måte. Så lenge flammene flakket. Nye lys og fakler kom gjennom hele romjulen, i et forsøk på å bevare stemningen året ut. Første nyttårsdag, da kun de største faklene brant på bunnslammet av stearin, hadde alltid en merkelig følelse over seg. Dagen var stort sett alltid grå, alltid dekket med regntung snø fra natta før og alltid med en snev av vår i luften, selv om de skulle få flere måneder til med vinter. Oppsamlingen av tomme fakkelbokser i en klamkald vinterluft hadde en blanding av melankoli og nytt håp i seg. Det var ikke det at året som kom ville bli veldig annerledes i forhold til det forrige, det visste han godt, men nullstillingen på kalenderen kjentes like fullt befriende. Det nye, blanke arket. Sjansen til å trekke frisk luft og angripe ting fra en ny vinkel. Det hadde vanligvis vart ut arbeidsdagen. Andre nyttårsdag var som alle andre dager, og føyde seg inn i hverdagen sammen med tredje januar og dagene som kom.

Det var likevel én nyttårsdag han fortsatt husket godt, det året han bestemte seg for å la Edvard overta ansvaret. På nyttårsaften hadde han pakket inn nøkkelen til annekset i en liten fyrstikkeske, som en pitteliten, forsinket julegave. Beslutningen hadde ikke kommet spontant eller overraskende på ham selv, men det å pakke inn nøkkelen i fyrstikkesken var en liten utfordring. Ikke fordi han hadde store fingrer, selv om det var et faktum. Heller ikke fordi han kjente på nederlaget ved å bytte ut dressen med joggebukse, det hadde han virkelig bare sett fram til, men han kom til å tenke på noe, noe han faktisk ikke hadde vurdert. Muligheten for at Edvard skulle takke nei. At aspiranten skulle ta over hadde ligget der som en underforstått tanke, omtrent helt siden han ga den lille gutten en spade. Og karen hadde dessuten vist stor interesse for yrket. Men det kunne jo være han takket nei når han plutselig ble pålempet det hele og fulle ansvaret. Helt forståelig også, det var ikke en hvilken som helst jobb.

Edvard hadde pakket opp fyrstikkesken over en liten arbeidsdram i annekset, første nyttårsdag, da en eldre kvinne hadde sunket sammen over strikketøyet fjerde juledag og måtte dyttes ned i jorda tidlig på nyåret. Med nøkkelen i hånda hadde han stirret på Rolf. Det hadde ikke gått helt opp for han med det første, hva dette egentlig betydde. Men smilet som formet seg etter hvert som det demret for ham, svaret som kom allerede før han sa det, det kunne ikke mistolkes.

Rolf smiler ved minnet, her han sitter med en malekost som blir tørrere og tørrere. Smilet hadde markert et veiskille for dem begge, hvor byrde og ansvar ble sluppet og plukket opp. Rolf kikker nedi det nesten tomme spannet. Han tømmer resten av malinga fra spannet ned på benken og smører det utover med kosten. Grønnfargen drypper ned på grusen mellom spilene. Men benken var bare halvmalt, så han fikk vel hente et nytt spann i annekset. Ikke ham imot, det var ingenting som hastet. Det tomme malingsspannet dunker inntil kneet hans gjentatte ganger bortover grusveien. Det kunne kanskje være den tomme lommelerka som bedro, men det er som om grusveien er skjevere enn han kan huske.

Rolf stabler seg ned trappen, mot den lille boden ved kontoret. Han stopper opp. Noen prater i rommet ved siden av, på engelsk. Rart som dette er går han inn og sjekker.

– ...undergrounds of Darkness. Tomorrow's sun will put no warmth into this strangers' flesh. My gratitude, receive this mortal soul. Amosh!

Rolf stikker hodet inn i rommet, i samme øyeblikk som Kent Robin planter sverdet i likets bryst. Som en kniv gjennom et kålhode. Den gamle mannen stirrer en sverdsvingende ulv inn i øynene. Rolf tar til å hyperventilere, mister malingsspannet i gulvet og løper ut, så fort de knakende knærne klarer å bære ham. Med den ene hånda til brystet river han med seg reservenøklene til likvogna og kravler opp trappa som en rystet tarantell. Han hiver seg inn i førersetet på likvogna, som står parkert på sin faste plass utenfor annekset. Likvogna forlater to dype spor i grusen og vræler seg ut av kirkegården.

24

– Få meg vekk herfra!

Edvard farer opp fra benken og griper jenta rundt halsen med venstre hånd. Han knytter høyre, klar til å slå.

– Alt til sin tid.

Edvard slår henne i ansiktet. Han har fått nok av både henne og dette stedet, og han vet godt hvor hun er på vei med historien. Den myke, hvite huden gir etter for knokene hans. Han kan høre det knase i det morkne brusket, en lyd han har hørt uvanlig ofte i det siste.

– Hvor er jeg?

– Hvor skal du?

Jenta smiler lurt til Edvard. Han slår henne igjen og tvinger bort grimasen som prøver å forme seg i ansiktet hans. Knokene er fortsatt såre.

– Hvordan kommer jeg meg bort herfra?

– Hastverk er lastverk.

Nok et slag, men noe svakere enn de andre. Jentas hode henger henslengt i Edvards grep, tilsynelatende likegyldig til det hele.

– Du får si ifra når du er ferdig.

Situasjonen demrer. Her står han, en vanligvis snill og sindig familiefar, og slår på et levende lik. En død jente, som ikke engang kjenner at han slår. Hvem av dem som er det største avviket er vanskelig å bedømme.

– Beklager.

Han løsner på grepet og setter seg ned igjen. Jenta knekker diskret på nakkevirvlene før hun putter sigaretten tilbake i munnen.

– Det går bra.

Jenta retter litt på nesen. Han strekker seg mot sigarettpakken, men jenta kommer ham i forkjøpet og tar den. Hun legger den ned ved siden av seg, utenfor Edvards rekkevidde. Han sukker.

– Du var greiere før.

– Du også.

Hun koser seg med røyken og ser på det hvileløse ansiktet, som sikler etter både sigarett og svar.

– Når skal du fortelle meg at jeg er død?

I et håpløst forsøk på å roe seg ned fester han blikket i de grå skyene.

– Det er du ikke.

– Å, kom igjen, jeg døde i det bilkrasjet. Ikke tro at jeg ikke har skjønt det.

Jenta puster rolig ut, lar røyken sive ut gjennom munn og nesebor. Hun setter sigaretten til munnen og holder den mellom leppene, mysende på Edvard. Han merker blikket og ser ned fra skyene.

– Hva?

Et uventet svingslag treffer ham i ansiktet. Den tynne armen serverer et slag mer enn tilstrekkelig for smerte. Nesen knekker til venstre, hvorpå blodet tar til å piple ut. Først noen dråper, etterfulgt av en tynn strøm over munnen og nedover haka.

– Hva i helv..!

– Vi blør ikke.

Han reiser seg og gir blanke i blodet som renner nedover dressen hans. Det er i godt selskap.

– Så hva da!?

De rastløse skrittene fører ham rundt i små, ujevne halvsirkler.

– Hvorfor kommer jeg ut den veien når... Og når jeg går den veien, så..! Det er ikke logisk! Og du er jo død..! Du døde for lenge siden, og nå prater jeg med deg. Det er ikke mulig..!

Jenta lar ham brøle. Følelser må ut. Først da er det rom for nye.

– Og Morten og...! Dette er helt sykt! Jeg må...

Han avbryter seg selv med å sparke i den grå søppelkassen, så hardt han bare klarer. Smerten i tærne kommer som et kjært avbrekk.

– Ja, fy for en slem søppelkasse!

Jenta smiler provoserende. Han plukker opp Lugeren fra bordet og setter den mot hodet.

– Hvis jeg ikke allerede er død, så gi meg én god grunn til å la være å bli det!

Det fortvilte ansiktet virker troverdig. Jentas smil falmer.

– Ja, greit, her da.

Jenta holder opp sigarettpakken i et forsøk på å roe ned en desperat mann. Dette hadde hun ikke regnet med, mulig hun hadde presset ham litt for langt.

Øynene hans glir igjen. Han kjenner det kalde løpet lage et rundt avtrykk på tinningen. Pekefingeren forsøker å stramme seg rundt avtrekkeren. Bare en liten rørelse i leddet, så var det den siste bevegelsen han noen gang kom til å gjøre.

– Hei..! Kom igjen, gratis inngang.

Edvard åpner øynene sine på gløtt. Jenta har trukket opp kjolen og står bøyd over bordet, med den hvite rumpa svaiene fra side til side. Pistolen senkes i forfjamselse.

– Hva driver du med?

Det hadde fungert, akkurat slik det gjorde sist gang. På en fest, i vertskapets kjøkken, med stort sett hele gjestelisten som vitner.

To lokale helter brakte sammen etter å ha drukket seg til mote, i en eller annen disputt som sannsynligvis hadde sin rot i sjalusi. Både brødkniv og knust flaske ble argumenter, og det var like før kniven skulle vinne diskusjonen. Det var da hun, som en av tilskuerne, hadde brettet ned dongerien og lent seg over kjøkkenbenken. Man kunne vel ikke bare stå der og ikke gjøre noe, så hun hadde tatt affære. Det første og beste hun kom på, men det fungerte. Heltene hadde tatt til å tenke med andre hoder, og blitt avledet nok til å legge fra seg både aggresjon og argumenter. Festen fortsatte, og slåsskjempene hadde senere blitt sett i oppskværende omfavnelse under terrassen, da de trodde ingen så på. Begge i levende livet.

Tiltaket hadde igjen gjort nytte for seg, selv om latter og applaus uteble denne gangen. Det er ikke til å unngå at hun føler seg litt pinlig berørt.

– Beklager, det ble kanskje litt vulgært.

Hun setter seg ned igjen på benken og prøver å hente inn overtaket.

– Men uansett, slutt å tulle med den pistolen!

Edvard slår ut med armene. Han hadde ikke kommet til å trekke av, selvfølgelig ikke. Men aldri før hadde han holdt en ladd pistol mot tinningen, en handling som i og for seg var vanvittig nok. Den *kunne* gått av ved et uhell, en risiko han egentlig ikke hadde vurdert før etterpå. Dumskapen satt til side, handlinga avslørte en tydelig bekymring hos jenta, noe som måtte bety at det var en slags mening med det hele.

– Hva gjør jeg her da?

– Ja, hva gjør du her ute?

– Hva mener du?

– Hvor var du på vei før du kjørte vogna inn i de trærne der borte?

– Hvor jeg var på vei?

Jenta sukker. Som å vri vann ut av en tørr klut.

– Nå er du bare vanskelig. Du vet godt hvor du var på vei.

– Hva har det med dette å gj...

– Det har *alt* med dette å gjøre. Hvor var du på vei?

– Jeg skulle besøke noen.

– Hvem?

– En kompis.

– Du har ingen. Hvor skulle du?

– Det har du ingenting med!

Rallingen av et aggressivt tordenvær høres, det første livstegn fra omgivelsene siden han kom hit. Jenta slipper ikke blikket hans.

– Dessverre så har jeg nok det.

Skydekket har blitt mørkere, og første regndråpe lar ikke vente lenge på seg.

– Alle må gjøre opp for seg, på en eller annen måte, på et eller annet tidspunkt. Du kan ikke løpe fra det, du kan

193

ikke snakke deg fra det, du kan ikke betale deg fra det.
Og du kan ikke dø fra det.

Og plutselig høljer det ned. Regndråpene spretter opp av asfalten. På et øyeblikk er begge søkkvåte. Bak bråket fra det tunge vannet høres flere greiner som knekker i skogholtet.

- Hva snakker du om?

- Jeg er et helt vanlig eksemplar av døden, slik du kjenner den. Hvit i huden, pakket i jorda og borte vekk. Ferdig med alt. Trodde både du og jeg. Men ferden fortsetter. Døden er kun et lite stopp på veien, til man atter en gang er kjørbar igjen. Noen trenger kun et oljeskift, andre en totaloppretting.

- Jeg skjønner ikke hva du sier!

- Det er ikke meningen at du skal skjønne alt heller. Da hadde det ikke vært noe poeng.

- Hva da?

- Hva tror du?

Edvard får ikke lange tida til å fundere. Morten og gjengen viser seg atter en gang, kommende ut fra skogen, alle gjennomtrukne av regnvann. De har kurs mot Edvard, som febrilsk har begynt å fomle med pistolen igjen.

- Hvem skulle du bruke den der på?

Edvard tviholder på pistolen, rettet mot Morten.

- Du vet vel at den ikke vil gjøre situasjonen bedre, verken her eller senere?

Instinktene ønsker å sende en kule inn i det døde kjøttet, men det lille av fornuft er allerede klar over det fåfengte resultatet ved å klemme inn avtrekkeren.

– Vi har alle metoder for å oppnå det vi vil. Du har dine, jeg har mine, Morten har sine. Hvilken foretrekker du?

Han rygger ut i veien, med Morten og de fire andre kommende mot seg. Vel vitende om at kulene ikke biter på noen av dem holder han fortsatt pistolen hevet. Det er hans eneste beskyttelse, hans eneste trumfess oppi all elendigheten. Samtidig er det et tilbakevirkende trumfess. Bruken av den vil kun gjøre vondt verre, både nå og senere, hvis han noen gang skulle komme seg vekk herfra. Men akkurat nå virker det lite sannsynlig. Han vet at både ord og flukt er nytteløst, da han vil komme til kort med begge. Det var altså slik det skulle ende. Trygt å si at han ikke kunne forestille seg det.

Mortens frådende, svarte tenner smiler idet Edvard senker pistolen og lar den henge ned langs låret. Han kan kjenne hvordan kroppen kjemper imot det å bli stående, men alt annet vil være å utsette det som skulle komme. Hva det enn var. Han kan kjenne stanken fra Mortens hvesing, som er først i køen til å gå løs på ham.

En hvinende lyd kommer inn fra siden, akkompagnert av to sterke lys. Edvard snur seg og blendes av noe som ligner billykter.

XXV

Et fjernt tordenskrall høres. Beathe ser på skyene som har bygget seg opp i horisonten.

Sarah ser fortsatt på flammene som slikker seg rundt den forkullede pølsa. Hun har kommet nærmere og nærmere grillen, i takt med pølsa som ble mindre og mindre, og Beathe ser seg nødt til å dra henne unna.

– Du har vært i Sverige og handlet, sant?

Edvard er ikke der. Beathe prøver igjen, uten å legge for mye irritasjon i stemmen. Hun ville vanligvis hevet både stemme og øyenbryn hvis han ikke hørte hva hun sa, men det var noe uvanlig med han i dag. Et ukjent uttrykk over hele mannen. Edvard pleide å si ifra om sine meninger, men han ble aldri tydelig sint. Beathe hadde faktisk aldri sett ham sint, og hun visste innerst inne at hun ville bli livredd hvis han en gang skulle eksplodere. Og nå kan det se ut som om lunta er i korteste laget, så hun går forsiktig fram.

– Fikk du tak i det vi skulle ha... i Sverige?

– Ja.

- Så fint. Men hvor er...

- Bak i vogna.

- Men den står jo på kirkegården.

Han sukker langsomt på innpust.

- Rolf lånte den. Han skulle male.

Rolf bodde to kvartal lenger ned i gata, og pleide å låne likvogna de dagene knærne hans ikke følte seg samarbeidsvillig til å sykle de fire kilometerne til kirkegården. Det pleide å skje ofte på vinteren, men hadde også blitt vanligere på sommeren etter hvert som tiden tok grep om både ledd og bein.

- Med kista baki?

- Ja.

Det var ikke akkurat som om Rolf hadde blitt sjokkert hvis han fant en kiste full av diverse varer baki vogna. Edvard hadde tross alt lært det hos ham.

- Men Rolf drikker, han kan...

Beathe svelger slutten av setninga. Nå turte hun ikke si mer, kjeven hans sto allerede i spenn.

- Ikke på vei bortover. Og han kjører aldri etter han har drukket. Han skulle gå hjem. Vogna står der til i morgen. Du og Sarah tar Audien, jeg sykler.

Og sånn var det med den saken. Beathe har flere spørsmål på lager, men hun lar dem ligge til litt senere. Korte setninger betydde enden på diskusjonen, og hun ville ikke spørre han om hva som var galt. Det burde hun vite. I alle fall mente hun at han burde vite hva som var galt når hun var i dårlig humør. Komplisert, ja, det visste hun, men det var da bare sånn. Hun plukker i stedet opp et par pølser og legger dem på grillen. Ting ble sikkert bedre etter en pølse eller to, det kunne være så enkelt at han ikke hadde spist lunsj og bare manglet mat i magen.

En sykkelbjelle plinger på andre siden av gjerdet. Det er Ane, med den siste blomsterdekorasjonen i en kurv på styret. Hun kommer trillende inn porten.

– Hei! Dere holder fortsatt sesongen i gang, ser jeg. Hei Sarah!

Sarah enser henne ikke. Verden kretser rundt den svarte kullklumpen på grillen.

– Hun hører ikke hva du sier, hun er veldig opptatt.

Ane smiler til Beathe, og går inn i en eller annen dialog om det kommende bryllupet. Ordene flyter sammen til en grøt. Alt Edvard bryr seg om er å se på henne. Hun ser på ham nå og da, men er tydelig engasjert i samtalen med Beathe. Det ser ut som hun har kommet over nervene, i alle fall utad. Han griper rundt den tomme ølflaska. Ane har byttet ut den skitne skjorta med en ferskenfarget kjole, hvis nedre del blafrer rundt de sommerbrune lårene hennes. De grønne øynene reflekterer den lave ettermiddagssola, som brenner i faretruende kort avstand til de innkommende, mørke skyene.

Det smeller i brystet. Et lavt, lite smell, som kun han hører. En innvendig, betent infeksjon som sprekker. Materien renner ut i blodet. Ned i magen, ned i føttene, ut i armene. En bitter smak i munnen.

- Nei, dere får kose dere videre. Men spis fort, ser ut som vi får en god skylling i de skyene der borte. Skulle bare svinge innom med den siste dekorasjonen.

De er visst ferdig å prate. Hvem vet hvor lenge de har holdt på. Hun smiler til Edvard og triller sykkelen ut porten.

- Skal bort og prøve kjolen en siste gang. Vi snakkes på tirsdag!

Beathe merker det fraværende sløret over øynene hans, der han stirrer på Ane, uten ord. Det er ikke som Beathe er overrasket, hun har visst det i alle år. Hun visste det allerede på stranda. Blikket som kastet seg uti vannet sammen med Ane. Hun satt i bunn og grunn ensom på stranda, med en fremmed hånd i fanget. Den samme hånda, som fortsatt klemmer om den tomme ølflaska, var fortsatt fremmed den dag i dag. Og spesielt i dag. Hun hadde vært vitne til de korte blikkene i mange år nå, blikkene han prøvde å skjule. I dag prøvde han ikke engang. Øynene omslutter Ane, helt åpenlyst. Beathe holder fasaden.

- Det gjør vi, vi gleder oss! Lykke til med prøvingen, husk å trekke inn magen..!

Ane smiler og setter seg på sykkelen. Beathe smiler halvhjertet til henne, syklende ut av porten og bortover gata.

- Hørte du det? Det kommer over nitti mennesker i bryllupet deres.

Beathe vet hvor det tause ansiktet befinner seg. Det kunne gjerne befinne seg mellom Anes lår for alt hun brydde seg, hun visste at han aldri kom til å gjøre noe mer enn å fantasere. Og det var på en måte akseptabelt, hun hadde ikke akkurat rent mel i posen hun heller. Det var nok mer grovkornet om hun skulle være helt ærlig med seg selv. Ikke det at hun hadde sluttet å bry seg om ham. Hun ønsket han ikke skade eller vondt på noen måte, men noen amorøse emosjoner var ikke til å spore. Kjærligheten hadde vært der, det husket hun, fra hennes side i alle fall, men den hadde blitt tygd i stykker av tidens tann. Det lød noe i den duren, før det halvferdige diktet ble knøvlet sammen og presset til bunns i papirsekken. Forholdet hadde etter hvert fortont seg mest praktisk, noe som egentlig var helt greit, spesielt i forhold til Sarah, og hun kunne alltids ta seg en tur til Monumentservice hvis behovet for å få staket opp følelser ble påtrengende. Hun fikk utfolde seg i den store kjærligheten på papiret i stedet. En skilsmisse var ikke det hun så for seg å bruke tiden sin på, og det var heller ikke noe for Sarah å måtte gjennomgå. Ikke minst var det et nederlag å måtte innrømme at hun ikke var god nok for ham. Naturligvis kunne hun pynte på dette hvis noe slikt skulle bli aktuelt en dag. Hun skulle påstå at han rett og slett ikke fortjente henne, noe venninnene rundt bordet ville applaudere og klirre sammen vinglassene på, selv om sannheten var en annen. Hun var fullstendig klar over at hun slettes ikke gjorde sitt for at ting skulle bli enklere. Dagene måtte ha en viss dose negativitet over seg, som for å straffe ham. Han skulle vel ikke få ha en fin dag når ikke hun hadde det, de skulle virkelig få lide sammen. Hun var fullt klar over den barnslige tankegangen, men det var ikke til å legge skjul på at det føltes godt. Det lille av dårlig samvittighet, som ofte kom snikende opp i sengen om kvelden, lettet fort når hun veide ting opp mot hva Edvard sannsynligvis lå og drømte om.

– Begynner pølsa å bli ferdig snart, eller?

Beathe må igjen holde Sarah i buksa, da hun er på god vei til å stupe inn i flammene. Sarah avkrefter med det fraværende svaret.

– Neivel, håper du liker den godt stekt.

Edvard hører ikke hva hun sier. Infeksjonen har tatt til å rykke i kroppen. Han kjenner at kaldsvetten former en klam hinne mellom huden og klærne. Noe udefinert presser seg opp halsen. Hva det enn er, så er det på vei ut. Hånda mister grepet rundt flaska. Total avspenning, han sitter nærmest livløs i stolen.

Brått reiser han seg. I et øyeblikk blir han stående å stirre på Beathe. Hun møter blikket hans. De skjønner begge hva han skal til å gjøre. Noen rolige og bestemte skritt ut porten. Han ser Ane sykle bortover veien, ikke mer enn et lite kvartal unna. Uten å nøle slipper han det ut, kontrollert og bestemt:

– Ane!

Ane snur seg og ser bakover mot Edvard, mens sykkelen fortsetter på sin ferd i motsatt retning. Før han rekker å be henne om å vente, skjærer lyden av bilbremser gjennom lufta. I et kort, stille øyeblikk høres bare drønningen fra tordenskyene, som overværer det fatale øyeblikket.

Sykkelrammen bøyer seg i møtet med panseret, og sender Ane i krokodillerull oppover frontruta og over taket. Idet svevet begynner på nedstigningen skjønner hun det. Hun lagde sine siste potter i dag. Låste døren for siste gang, etter bare tre års drift. Hennes kjære kom ikke til å stryke henne over korsryggen i kveld. Når hun møter asfalten er det over. Likvogna stopper hardt i en liten murkant og gjør seg ferdig med sitt leven, fortsatt med Ane svevende over seg. En kjole som blafrer i vinden er det siste hun hører. Lyden av hennes egen nakke som knekker får hun heldigvis ikke med seg. Hun treffer den varme asfalten med venstre kinn, før hun siger sammen og flater ut på rygg. Sykkelen hennes har slynget seg rundt en brannhydrant, med et av hjulene fortsatt i bevegelse. Likvogna står urørlig inntil murkanten like ved. Rolf ligger allerede i evig hvile over rattet, under en rødflekket frontrute.

Regnet fosser horisontalt inn mot kjellervinduet. De mørke skyene har avløst kveldssola og avslutter kvelden med en voldsom rundvask. Konturene av Anes kropp formes av det hvite teppet på bordet. Sarah ligger og sover over Edvards skulder. Utmattet av dagens strabaser har hun mistet Paddelars på gulvet, og rakk ikke engang klage til pappa eller mamma før øynene falt igjen. Edvard står ordløs og ser på kroppen til Ane, med Beathe halvveis sammenkrøket ved siden av seg. Kent Robin står klemt oppi et hjørne og prøver å skjule den svarte bagen bak leggene sine. Eriksen, mannen med sverdet i brystet, ligger pakket og klar for morgendagen lenger inn i rommet. Kent Robin hadde hastet ham i stand straks etter Rolf spant ut av kirkegården. Han visste at Rolf pleide å være på en snurr av og til, og kunne sannsynligvis slippe unna ved å legge skylda over på et dement hode hvis det ble snakk om noe ulvobservasjon i annekset. Nå kjente han den dårlige samvittighet svi i hele kroppen. Beathe står med armene i et trangt kors over brystet og kjemper mot tårene. Hun snur seg og ser rådløst på Edvard, som prøver å forholde seg så rolig som mulig. Han svelger tungt.

– Han var ikke innom her før han kjørte av gårde? Du snakket ikke med ham, ikke på hele dagen?

Kent Robin rister stille på hodet og ser ned i gulvet, både for å skjule et skyldig ansikt og en påtrengende samvittighet. Sarah har seget langsomt nedover Edvards arm, med ansiktet presset godt inn i det svarte tøyet. Han løfter Sarah opp på skulderen igjen.

– Han hadde visst drukket litt for mye. Og så sa de det kunne ha vært noe med hjertet, han var jo plaget med det, så...

Klumpen i magen er tilbake. Han hadde mistet foreldrene sine så altfor tidlig, men fant i etterkant en fullgod erstatning i den snille mannen på kirkegården. Rolf, som med tiden skulle fungere som både reservefar og arbeidsgiver, var nå borte. Nok en gang hadde han mistet en av sine nærmeste, som nå begynte å bli mangelvare. Han klemmer Sarah inntil brystet. Edvard visste at det gikk i nedoverbakke med Rolf, men han var ikke forberedt på at det skulle ende så brått. En god ting, egentlig, i et forsøk på å overbevise seg selv. Heller brått enn flere år i smerte. Det hadde Edvard også sagt til Rolf, at hvis han noen gang skulle ende opp i smertehelvete eller som en grønnsak i en stol, så måtte han kjenne sin plikt ved å sette en kule i hodet hans. I alle fall hjulpet ham med å dø, på en eller annen måte. Rolf hadde sagt seg klinkende enig, spesielt siden han antakelig var første mann ut, og det hadde på en måte blitt en pakt mellom dem. Det hørtes enkelt ut, men de hadde egentlig ikke tenkt på hva den andre egentlig ville følt i en sånn situasjon, når det kom til stykket. Det var tross alt ikke bare å ta livet av noen, spesielt noen man var glad i. For de hadde vært glade i hverandre, selv om det sjelden ble sagt. Når han tenkte seg om, så skjedde det bare den ene gangen. Ellers var det på en måte underforstått.

– Men greit, alt ordner seg. Eriksen er klar for i morgen. Rolf er fortsatt borte på...på obduksjon. Mannen til Ane er sammen med krisefolkene, og Ane...

Han får fram et lite nikk før han må svelge igjen.

– Politiet så forresten ikke baki vogna, gjorde de vel?

Han hvisker nesten, slik at Kent Robin ikke skal høre. Beathe rister stille på hodet, likegyldig.

– Bra, okei, da får vi vel bare...

– Jeg vet ikke om jeg... Det ble litt...

Beathe henter seg inn, men vet at det bare er sekunder til demningen braser, noe den aldri har gjort foran Edvard. Og det kunne bli pinlig for dem begge, siden ingen av dem visste hvordan en slik situasjon skulle håndteres.

- Det går bra, jeg skal ordne ting her. Det går fint.

Beathe nikker stille.

- Jeg kommer hjem så snart jeg er ferdig.

Edvard lemper Sarah noe motvillig over i Beathes armer. Den lille jenta våkner og gnir seg i øynene.

- Dra hjem du også, det er sent på kveld. Du trenger ikke være her, jeg kan ordne det. Snakkes i morgen tidlig?

Kent Robin nikker lettet og løfter diskret opp bagen, som om det var noe treningstøy han hadde hatt med seg. Han går ut sammen med Beathe og Sarah. Edvard går bort til kjellervinduet og ser ut. Gjennom regndråpekonserten på ruta hører han Beathe tilby Kent Robin skyss hjemover, men han takker nei og peker bort på sykkelen sin. Edvard hører bilen forlate kirkegården, tett fulgt av en knakende terrengsykkel. Han senker blikket, sukker tungt som aldri før og tvinger lungene til å roe seg ned. Her var det bare å gjøre seg ferdig, kjøre hjem likvogna og drikke seg sanseløs. Han visste det var poengløst, ting ville være like jævlig i morgen, og antakeligvis verre i bakrus, men han ville i alle fall klare å sovne.

Han tvinger blikket bort fra Ane og henter noen hvite klær ut fra skapet. Mannen hennes hadde, forståelig nok, ikke vært i stand til å ta stilling til hvordan likskuet skulle se ut, så hun fikk ha på seg disse, i alle fall midlertidig. Obduksjonen ble gjort relativt kvikt, både fordi han og flere vitner så ulykken, men ikke minst fordi han kjente flesteparten av folkene i de forskjellige instansene. Køen ble ofte langt kortere når man kjente folk, og det var slettes ikke ham imot å bli ferdig med det hele så fort som mulig. Det var vel ikke helt etter boka, som så mange andre ting mellom småbybeboere, men en begravelsesagents ord veide tungt når det kom til troverdighet. Og det var dessuten ingenting som var mer naturlig enn å hjelpe en kollega i personlig krise, som jo dette tross alt var. Han fikk huske på å sende alle en flaske cognac for å ha stilt opp på såpass kort varsel.

Blikket går tomt inn i skapet. Klærne blir ligget urørt i øverste hylle. Følelsen av å være handlingslammet. Noe så enkelt som å ta et sett med klær ut fra et skap virker uoverkommelig. En tyngde som trekker ham ned mot gulvet, slik at han knapt klarer å stå på beina. Den store klumpen presser seg på, forbi adamseplet og opp mot drøvelen. Nei, ikke ennå, han måtte bli ferdig først. Han biter sammen tennene til det gjør vondt i tinningen. De hvite klærne tas ut av skapet og legges på benken ved siden av bordet. Det var bare å gjøre det fort, slik at klumpen ikke rakk å blande seg inn. Han tar tak i hjørnet på teppet og river det av.

Edvard puster ut før han løfter blikket og beskuer Ane i full figur. Hudfargen er noe blekere, men vitner fortsatt om at hun hadde vært mye ute denne sommeren. Årene har vært snille med henne. Akkurat som Edvard hadde forstilt seg, verken mer eller mindre. Her lå hun, i all sin prakt. Kvinnen som uhemmet hadde utfoldet seg i hodet hans, i alle tenkelige situasjoner og positurer opp gjennom årene. Og nå ligger hun her, rett foran ham. Aldri før hadde han blitt satt ut av døde kropper, men dette var tross alt kroppen han hadde tilbedt siden hormonene for første gang gjorde seg til kjenne.

Han blir stående og vente på uvelkomne reaksjoner, men ingenting ser ut til å skje. Det er imidlertid helt andre følelser som presser seg på. Han klarer ikke sette ord på dem, men han kan kjenne den evinnelige klumpen vokse når han tenker bakover og på hvordan ting kunne blitt. Tanken på å gjøre det hadde vært der hele tiden, å risikere alt og fortelle henne hva han følte, hver eneste gang han hadde sett henne, men det hadde blitt med tanken. Han hadde levd et dobbeltliv så lenge han kan huske. Et realistisk liv med Beathe, et fiktivt liv med Ane. De hadde danset på klassefest, de hadde klint i korridorene, de hadde rotet i lyngen, de hadde fisket, de hadde kjøpt seg hus, de hadde fått Sarah, de hadde giftet seg, de hadde fått barnebarn. De hadde til og med reist til et munkekloster i India på gullbryllupsreise, hvor de hadde dødd akkurat samtidig på en fjellhylle i solnedgangen. Men nå kom han aldri til å dø på en fjellhylle. I så fall mutters alene, og det var jo rett og slett tragisk.

Kroppen hennes bærer preg av ulykken, men det ser egentlig ikke verre ut enn et stygt fall på sykkelen. Nakken hadde knekt som en tynn kvist i møte med asfalten, og Erling, som hadde vært ansvarlig patolog både før og etter at Edvard hadde overtatt bedriften, kunne med sikkerhet si at hun døde momentant. Edvard visste at Erling pleide å hevde at folk døde uten smerte, selv om personen hadde lidd en åpenbar seig og grusom død. Han henviste ofte til kompliserte betegnelser på diverse kroppsdeler, stoffer og reaksjoner som visstnok, og alltid heldigvis, hadde gjort slik at avdøde ikke kjente noe smerte. Det var lurt å feilinformere de pårørende litt på dette området, mente han. Men Erling ga alltid den usminkede sannheten til Edvard, og Ane hadde antakeligvis ikke registrert mer enn flyturen over panseret. Noen små sår er spredt sporadisk utover ansiktet hennes, men de er ikke mange eller store nok til å forkludre de pene trekkene. De lukkede øyelokkende som skjuler to smaragdgrønne øyne. Nesen med de små fregnene. Kinnbeinene. Leppene.

Edvard ser det ikke før nå, men de er formet i et lite smil. Han hadde bare sett én annen død person smile før, og det var en eldre mann med hjertefeil, som hadde dødd sammen med sin kjære i senga. Erling mente det var en eller annen form for akutt dødsstivhet i ansiktet, uten at han ville prøve å definere det noe ytterligere. Han hadde ikke sett et lignende tilfelle i løpet av sin snart tretti år lange karriere, heller ikke engang en passende beskrivelse i noen som helst fagbøker, og kviet seg derfor med å gi en definisjon. Han visste at dødsstivheten ikke inntraff før to til seks timer etter, så det hele var i bunn og grunn usannsynlig. Men rart var det, for mannen smilte faktisk. Og det gjør Ane også, det er ikke til å ta feil av. Ikke like bredt som mannen, men mer et lurt, lite smil. Kanskje hun hadde smilt til ham før ulykken inntraff. Bildet er uklart, alt hadde gått så fort. Men muligheten var der, at hun smilte da hun så seg tilbake. Kanskje hun skjønte hva han skulle til å si, ordene hun hadde ventet på å høre i alle år. Han stryker pekefingeren over den ene munnviken. Duften av henne er borte.

Edvard kjenner en våt stripe rennende nedover ansiktet sitt. Og enda én. Nei, ikke nå, ikke her. Men det er ikke til å stoppe. Det kommer fossende ut. Han har ikke grått siden Sarah ble født, men det var av grunner på den andre siden av skalaen. Forsøket på å kjempe imot ved å snyte inn snørr og tårer er håpløst, det resulterer ikke i annet enn bisarre lyder. Det nytter ikke, han må bare gi etter.

Audien kommer rullende tilbake inn på kirkegården. Sarah hadde glemt Paddelars i annekset, og hun kunne selvfølgelig ikke gå til sengs uten ham. Da var det mindre strev å kjøre tilbake å hente Paddelars enn å prøve å få henne til å sove uten. For var det noe Beathe ikke trengte nå, så var det flere ting å tenke på. Sarah venter i bilen mens Beathe parkerer og går inn og ned trappene. Inne på kontoret, på vei inn døren til prepareringsrommet, hører hun noen uvanlige lyder. En blanding av hulking og tung pust. Forsiktig åpner hun døren på gløtt.

Synet slår henne i magen. Beathe rygger den stive kroppen tilbake inn på kontoret. Lydene fra prepareringsrommet forfølger henne opp trappen. Edvard enser ikke bilen som spinner av gårde mot på våte grusen utenfor.

Han kommer hjem en time senere, og finner Beathe i fullt vigør på kjøkkenet. Hun er i det hastete humøret. Vanligvis smertelig irriterende, men nå fullt forståelig. Påkjenningen er tydelig gravert i steinansiktet. Det som ikke er like forståelig er hvorfor hun pakker diverse kjøkkenartikler nedi den store, brune kofferten, liggende halvfull på kjøkkenbenken. Det var den største kofferten i huset, den de pleide å pakke i når de skulle på lange bilturer. Edvard lukker døren forsiktig bak seg.

– Sånn, da var det gjort.

Beathe reagerer ikke. Han skjønner at dette må være en eller annen form for stressreaksjon. I kofferten ligger truser og tannbørster, men også en skoskje, noen blomsterpotter og en hagesaks. Flere kaffekopper står i stabel ved siden av. Hva enn det var hun hadde planlagt, så var innholdet i kofferten noe merkelig sammensatt.

– Hei, du, går det bra?

Han begynner å se gjennom sakene i kofferten. Kaldt og rolig henter hun pepperkverna fra kjøkkenbenken, den store kverna som Edvard en gang hadde kommet hjem med fra Europris. Smilet strakk seg fra øre til øre hver gang han hadde pepper på eggene sine med den overdimensjonerte kjøkkenredskapen. Beathe var ikke videre begeistret for den rent visuelt, og så heller aldri sett den praktiske nytteverdien. Før nå.

– Hvorfor har du pakket ned en...

Pepperkverna knekker mot Edvards panne. Han går rett i gulvet, uten så mye som et ynk. Beathe tar tak i beina hans og drar ham ut på soverommet. Han klarer så vidt å registrere det ullete golvteppet på soverommet under øret.

– ---tar----- arah---------i nærhet--------av oss-------reper jeg deg------ !

Ordene blir oppstykket av en konstant ringing i ørene. Først noen minutter etterpå forstår han. Beathe går ut av soverommet.

– Sar---------må våkn-----ut------kjøre----tu---- !

Noen timer senere, med en dundrende hodepine, sitter han bak rattet i likvognen, fortsatt svimmel, med en sigarett brennende i munnviken. Bladene flakser av veien. Blikket trekkes mot hanskerommet.

26

De to billysene nærmer seg med et brøl. Edvard kan høre føttene knekke mot grillen, etterfulgt av det bløte sammenstøtet mellom frontruten og sitt eget ansikt. Bilen begynner å skrense. Dette har han vært med på før. Med øynene lukket kjenner han panseret snerte knærne, etterfulgt av noen kraftige smell og brak. Stillheten senker seg nok en gang, kun avbrutt av en høyfrekvent hvesing. Øynene åpnes igjen. Morten og de andre er borte. Likvogna står i kjent positur mellom trærne, lekkende blårøyk.

– Beathe tok med seg Sarah, og den eneste løsningen du kom på for å få tilbake datteren din var å skyte moren hennes? Det er pappaen sin, det.

Jenta sitter fortsatt på benken og ser på den filleristede mannen, pjuskete som en dyvåt katt av det hamrende regnet. Edvard ser ned på pistolen, som han fortsatt holder i hånda. Det er mangel på ord til hans forsvar. Han hadde ikke planlagt å drepe henne, det kunne han umulig ha klart å gjennomføre. Men å klare det eller ikke var én ting, om han *ville* var en helt annen. Planen var muligens kun å true henne, selv om det var desperat nok i seg selv. Lugeren puttes brydd ned i jakkelommen. Det virker som en selvfølgelighet nå, at å true med seg Sarah ikke var noen god idé, men det hadde virket som den eneste muligheten akkurat der og da. Ringe og sjekke at de var der, kjøre bortover, vise henne at han mente alvor og kjøre tilbake med Sarah. Den enkleste ting i verden. Han ville ikke bare få datteren tilbake, men også endelig satt en stopper for forholdet dem i mellom, noe han hadde planlagt å gjøre i lang tid, bare muligheten kom. De svarte tankene hadde skygget for konsekvensene, både for seg selv og datteren, selv hvor åpenlyst de nå ligger foran ham. Tankerekken hadde ikke gått lenger enn til det å få tilbake Sarah, koste hva det koste vil, noe som i verste fall kunne medført det å klemme inn avtrekkeren. Alt på grunn av en korttenkt tanke. Han erstatter fraværet av ord med å slå halvhjertet ut med armene. Regnet høljer fortsatt ned over dratte ansiktet. Jenta smiler til ham.

– To av to.

En motordur avslører at en bil nærmer seg. Edvard ser at foreldrene hans er tilbake, i samme situasjon som tidligere. Den lille gutten kommer løpende ut i veien. Den innkommende bilen svinger igjen unna den lille og har kurs mot foreldrene hans. Det hele går svært fort, men i samme rekkefølge som sist. Den skyldige bilen, en eldre Golf, knuser atter en gang mamma og pappa. En hvesende motor høres. Edvard kikker forundret bort på jenta.

– Kom.

Hun vinker ham bort til førerdøren på den eldre Golfen. Gjennom det halvåpne vinduet sitter ei jente og hyperventilerer bak rattet. Det er henne selv.

– Så da vet du.

Edvard hadde aldri blitt fortalt hvem som drepte foreldrene hans, og han tenkte egentlig ikke så mye på det. Var de døde, så var de døde, samme hvem som hadde gjort det. Det hadde i alle fall

Rolf sagt, noe den lille gutten hadde slått seg til ro med. Det var uansett en ulykke, det visste han, og da var det allerede synd nok i personen som hadde gjort det, enn om han skulle begynne å rippe opp i det, flere år etter. Men nå fikk han i alle fall vite det, enten han ville eller ikke.

– Du kan vel si at jeg hadde en del å gjøre opp for, og det var tydeligvis ikke nok å steppe inn som barnevakt et par ganger i uka. Så derfor havnet jeg her, i vente på å bli kjørbar igjen. Og nå er forhåpentligvis opprettingen gjort. To av to, som sagt. To liv mot to liv. Ditt og Beathes mot foreldrene dine sine.

– Mitt?

– Ja, du har vel ikke glemt den lille gutten, bundet fast til det treet uti skogen?

Edvard ser inn mellom stammene.

– Jeg skulle bare skifte kassett. Tok øynene av veien noen få sekunder, og nå står vi plutselig her. Hadde jeg bare hørt ferdig låten, så hadde vi ikke stått her. Hadde ikke Morten dratt deg ut i skogen hadde ikke vi stått her, og til slutt, men ikke minst, hadde ikke du skutt og skremt meg, så hadde vi ikke stått her.

– Jeg sa jo at det ikke var menin…

– Alt og ingenting er tilfeldig. Tenk på det til du blir gal i hodet hvis du vil, det skal du tro vi har gjort.

– Vi?

– Det er ikke som om du og jeg er alene her, hvis du trodde det. Hver og en med liv på samvittigheten, uansett

212

årsak, vandrer rundt oss, her og nå. Og vi er ikke akkurat få.

Edvard ser seg rundt.

– Nei, du ser dem ikke.

– ...med mindre du vil at jeg skal se dem?

Jenta smiler lurt.

– Det var dine ord.

Edvard fyrer på to nye sigaretter, til glade toner fra kassettspilleren. Han gir den ene til jenta og gyver løs på sin egen. Den intense inhaleringen avslører en fraværende tålmodighet. Mørket har senket seg utenfor vogna, og regnet klasker fortsatt ned over frontruta. Han har teipet igjen de to lengste bristene i glasset for å stoppe mesteparten av regnvannet fra å komme inn, men en liten dam har likevel rukket å forme seg på gulvet og videre under setet. Jenta vrir ned kjørespeilet og ser på seg selv.

– Huff, som jeg ser ut.

– Hvorfor er vi fortsatt her? Trodde vi var ferdige nå.

– Må vente på transport.

– Åja, selvfølgelig. Og den kommer..?

– Når den kommer.

– Hvorfor kan du aldri si noe rett ut? Jeg vet ikke så mye som navnet ditt engang.

– Åja, jeg trodde du husket det? Nei, nei, kanskje like greit.

– Jaha..?

– Nei, det passer liksom ikke helt lenger, for å si det sånn.

Jenta vrir tilbake kjørespeilet og smiler til Edvard. Ikke et tegn på smil i retur. Gløden på sigaretten hans er nesten nede på filteret allerede.

– Så det finnes ikke *noe* du kan fortelle meg? Absolutt ingenting?

– Oppskriften på en deilig eplekake, hvis du er interessert?

– Du vet hva jeg mener.

– Joda, du har vel sikkert lyst til å vite litt om hvordan framtida ser ut? Hva du burde gjøre med hele denne Beathe-greia og så videre?

– Ja, takk..!

– Du tenker at hvis du får se hvordan ting ser ut nå framover, så kunne du planlagt litt bedre, vært litt mer forberedt, og så tatt den perfekte avgjørelsen for deg og resten av verden når det passet som best? Og kanskje fylt ut den rette lottorekka mens du var i gang?

– Ja, hvorfor ikke?

– Jo, nei, for så vidt. Men hadde du da sett det som kom til å skje, eller det som aldri kom til å skje på grunn av at du så det, og som egentlig nå så helt annerledes ut fordi du planla å forandre på det? Og hvordan kunne du i så fall se framtida i første omgang, slik den egentlig skulle være, siden du faktisk visste at du kunne se den an?

Svaret uteblir.

– Og tenk deg at alle sammen driver på sånn. Nei, ingen vet hvordan framtida ser ut, ikke engang jeg som er død og alt. Og heldigvis for det. Uten tilfeldigheter, ingen konsekvenser, og uten konsekvenser, ingen mening.

– Mening med hva da?

– Hva tror du?

Edvard stirrer ut i bekmørket.

– Hva skal jeg gjøre da?

– Har du ikke fulgt med?

– Jo, men hva *synes* du jeg burde gjøre?

Jenta smiler, plukker ut en sigarett fra pakken i hånda hans, tenner på sigaretten og åpner døra. Hun rister lett på Zippolighteren mellom fingrene og kaster den bort til Edvard, før hun går ut og lukker døra. Han blir sittende tankefull bak rattet, med det brennende filteret mellom fingrene, stirrende ned på inskripsjonen på lighteren. Ordene leses og tolkes nok en gang.

Han sukker, som så mange ganger før den siste tida. Blikket går nok en gang ut av frontruta. Helt svart utenfor, ingen konturer på hva som befinner seg foran han der ute. Han skrur ned musikken og ruller opp vinduet. Et kjølig gufs kommer snikende inn åpningen.

– Men hva hvis…

To hender braser gjennom det nesten halvåpne vinduet og tar tak rundt Edvards hals. Et hode prøver å følge på inn i kupeen, men det er for stort. Det er Morten, knapt gjenkjennelig etter sammenstøtet med bilen. Ansiktet gnir seg inntil øvre del av ruta i et forsøk på å presse seg inn i sprekken. Han forsøker å dra Edvard ut gjennom vinduet. I basketaket kommer Edvard borti langlysene med låret, og blender to skikkelser, stående foran panseret på vogna, litt uti skogen. De blokkerer det sterke lyset med tynne, kjøttløse armer. Edvard forsøker å få dyttet ut Morten, samtidig som han ruller opp og holder igjen vinduet. Mortens hender og armer, klemt mellom ruta og taket, holder fast i Edvard, som prøver å komme seg over på andre siden for å få låst døren. Han klarer ikke kjempe imot de store armene, og prøver i stedet å bruke føttene. Ikke et sekund for tidlig, før de andre slipper inn på motsatt side, klarer han å trykke ned låsen på døra med skotuppen. Hindret av låsen prøver de å komme seg inn rutene, både side- og frontrute. Slagene er harde, og vinduene begynner snart å gi etter. Vogna gynger, til skrikingen av lemmer som sklir ned på både vinduer og lakk. Fingerstumper prøver å komme seg inn gjennom de små sprekkene i frontruta.

Så forlater vogna bakken. Mortens fingrer trekkes ut av vinduet og forsvinner bak bilen. Edvard kjenner på vektløsheten som løfter ham opp fra stolen i et lite øyeblikk. Vogna lander igjen, som om han nettopp raste over en stor fartsdump. Det knaser i flasker baki vogna. Inntrengerne er ikke til å se eller høre. Det tar litt tid før han kjenner det, men vogna er i bevegelse, framover. Han griper rattet og trår inn bremsen. Vogna adlyder ordre og stopper.

Armene står i spenn mot rattet. Motoren dundrer i takt med hjertet. Han sitter handlingslammet i en karusell og venter på neste voldsomme manøver. Men ingenting skjer. De svette håndflatene drister seg til å gi slipp på rattet. Ikke en lyd. Det vil si, en helt annerledes stillhet enn han har vært vant med de siste dagene. Lyden fra motoren er én ting, men han synes så tydelig han kan høre vinden utenfor. Han kikker engstelig ut den lille sprekken i vinduet. Ingen å se. Men det lukter noe. Den markante og friske lukten av våt skog. Noe er annerledes.

Han drister seg til å åpne døra forsiktig på gløtt, nok til at han skal klare å lukke den hvis noen skulle prøve seg igjen. Vinden treffer ansiktet, før den drar videre og blafrer stille i blad og greiner. Noen kråker krangler et stykke uti skogen. Regnet har stoppet, men han kan høre det dryppe ned fra greinene. De gjenkjennelige lydene får ham til å åpne døra på vidt gap. Befrielsen ved å høre omgivelsene prate igjen er åpenbar i det utslitte ansiktet. Den våte asfalten speiler lyset som har begynt å ta tak i horisonten. Han ser inn på rasteplassen, hvilende i et morgenblått skjær. Lyspæra er fortsatt knust, kista står ved benken og et langt bremsespor er innprentet i asfalten. Tause vitner fra hendelsene som ligger tett og tåkete i bakhodet. Tung i kroppen, ør i skallen, drønning i ørene. Han tar seg til hodet på vei mot kista. Stegene er varsomme, med blikket vandrende ut i skogen. Kista er tom. Blikket går fortsatt ut mellom stammene, ryggende tilbake mot vogna. Følelsen av å bli iakttatt sitter ennå i kroppen. Både panser og vindu er like smadret, men vogna er uforståelig nok kjørbar. Hvordan eller hvorfor ofres ikke en eneste tanke. Han er ubundet, fri til å dra, han kjenner det på kroppen.

Et smil prøver å presse seg fram idet rasteplassen forsvinner i bakspeilet, men hindres fort av påminnelsen på dashbordet. Familien med hull i.

27

Han kjører radig nedover den hullete grusveien mot hytta, uten å bry seg om at de resterende flaskene baki vogna knuses etter tur i humpene. De pleide å fylle etter med sand i hullene hver vår, men i år utgikk det til fordel for taklegging på utbygget til hytta. Det svarte taket stikker opp bak trærne langs veien.

Han stopper ved hytta, like ved Audien til Beathe. Bakluka åpnes, til en liten flom av sprit fra de knuste flaskene. Han bryr seg lite om spriten som treffer og renner ned den ene leggen, før den samler seg i en liten dam under skoene hans. En blomsterbukett skulle ligge baki her et sted. Klemt mellom verktøykassen og bilsiden finner han den, i pjuskete forfatning. Han fjerner noen av de flateste blomstene og går mot hyttedøra. Han vet at han blir iakttatt, da kjøkkenvinduet vender ut mot den lille gårdsplassen. Vinden fra stranden rusker tak i den slitne og mørbankede kroppen, som krøker seg så oppreist som mulig mot hytta. Det pleide alltid å blåse friskt her ute, noe som slettes ikke var ham i mot akkurat nå. Selv om det er hans egen hytte, banker han på. Nei, denne blomsten så slettes ikke bra ut. Og det var vel småpatetisk å gi henne en blomsterbukett, spesielt siden hun lett kunne se at den var ment til en begravelse. Hun fortjente forresten ikke blomster heller, det var ikke akkurat som om han hadde gjort noe galt. En annen ting var hva han hadde planlagt å gjøre, hva det enn ville resultert i, men det visste hun ingenting om. Han dytter buketten inn i rosebuskene plantet ved trappen. Ingen svarer på døra. Sarah måtte være nede ved vannkanten et sted. Døra er åpen, så han drister seg inn.

Som han tenkte, lyden av glass som blir børstet med en rådende hånd. Lyden av uro. De hadde ikke oppvaskmaskin på hytta, men kopper og kar ble alltid vasket før hver hjemreise.

– Vi vasket dem sist vi var her.

Beathe, stående ved benken i kjøkkenkroken, svarer ikke, men gyver løs på en gul kopp med børsten. Vinduet rett ved har utsikt over tunet og deler av stranda, en utsikt som alltid har veid opp for oppvasken. Edvard setter seg ned i en gammel og slitt gyngestol.

– Er Sarah nede på stranden? Hun holder vel ikke på med fyrstikkene alene?

Det kunne være det varme vannet som forårsaket hetebølgene over hodet hennes, men sannsynligvis var det andre årsaker som fikk luften til å vibrere. Svaret er like taust som forventet. Nei, det var vel ikke noe poeng i å utsette dette lenger. Han trekker pusten.

– Jeg flytter ut.

Ordene kommer ut, i en sammenhengende setning, uten noen form for nøling. Så klare som overhodet mulig, uten sjanser for mistolkning.

– Jeg har aldri følt noe for deg. Jeg vet ærlig talt ikke hvorfor vi ble sammen og giftet oss. Det bare ble sånn. Du bare... nei, ja, det bare ble sånn.

Han har nesten lyst til å smile. Beathe gnur hardere og hardere på den stakkars koppen.

– Det var egentlig Ane jeg ville ha. Men det skjedde ikke, og det kommer i alle fall aldri til å skje nå. Det er min feil. Jeg kunne bare dratt. Vi kunne skilt oss. Alle er jo skilt i dag. Sarah hadde ikke tatt noen skade av det. Og du hadde sluppet å jobbe med noe du ikke vil. Vi hadde ikke vært her nå. Jeg hadde ikke... Ja. Nei, unnskyld.

Antakeligvis akkurat som å føde. De vonde og motvillige ordene etterlater seg en uventet eufori. Trykket i hodet er borte, klumpen i magen likeså. Skuldrene senker seg til en lettere svimmelhet. Han får nesten lyst til å gå bort og gi Beathe en klem, men det ville kanskje være å overdrive. Beathe setter glasset, fortsatt fullt av skum, på benken. Hun snur seg sakte rundt. Huden rundt øynene er illrød, som et aggressivt og betent utslett, men det er tomt for tårer.

– Jeg så deg og...

– Meg og hvem da?

Blikket hennes går ned på det våte bestikket, strødd utover en kopphåndduk ved siden av vasken, klart til tørk. Hun plukker opp en håndfull kniver og gafler, kjenner på tyngden. Så pælmer hun bestikket mot han. Det singler gjennom luften. En sølvgaffel treffer han i kneet, heldigvis med håndtaket først. Resten av bestikket flyr inn i veggen. En biffkniv blir stående i en gammel kalender et øyeblikk, før den mister festet og faller ned på gulvet.

– Hva i hel...!

– Deg og Ane!

– Hvor da?

– I annekset! Hvor tror du?

Episoden ligger som et uklart minne i bakhodet. Tårene, dunkingen i tinningen, svimmelheten. Han hadde tømt seg for tårer, grått til han ikke hadde mer å gråte opp. Og sliten ble han, så sliten at han nesten ikke hadde turt å kjøre hjem. Hun hadde altså sett ham på sitt mest sårbare, i uhemmet fortvilelse. Han skulle naturligvis ønske at hun ikke hadde sett denne siden av ham, han som alltid hadde beholdt fatningen, han som alltid hadde holdt masken. Men gjort var gjort, og sett var sett. Han hadde lagt alle kortene på bordet nå uansett.

– Det skjedde bare.

Beathe tar resten av bestikket på håndduken og kaster også dette mot ham. Som en klasegranat av sylspisse objekter flyr både gafler og kniver gjennom den anspente lufta. Heller ikke denne gangen treffer hun med skarpt. Han kikker opp fra bak albuen sin. Beathe har aldri vært så ute av seg som nå.

– Det skjedde bare?! Hvordan kunne det...

Hun svelger ordene og prøver å ta seg sammen. Bildene fra annekset prøver å trenge seg på, men hun må bare blokkere dem ute. Denne mannen, som hun tydeligvis kjente enda dårligere enn hun trodde, må ut av både hennes og Sarahs liv. Og da er hun nødt til å gjøre det kaldt og tydelig, ikke hysterisk og rasende.

– Jeg tar med meg Sarah. Hun skal ikke vokse opp med en far som...

– Med en far som hva da?

Beathe biter i seg et nytt utbrudd.

— Noe deltidsomsorg eller helgepappa eller hva faen det heter... det skjer ikke. Hun har ikke godt av noe som helst som har med deg å gjøre.

Han skjønner at hun mener alvor. Den fortvilte og hylende Beathe er borte. Dette er den rådende Beathe, hun som kommer til å stå for sine ord, koste hva det koste vil. Trykket er tilbake i hodet hans, like fort tilbake som det ble borte.

— Du kan ikke bare gjøre det.

— Etter det du har gjort?! Selvfølgelig kan jeg det!

Beathe kjenner tårene komme rennende. Hun snur seg og går igjen løs på den gule kaffekoppen. Edvard blir sittende urørlig. Han hadde servert henne sannheten, så tydelig og ærlig som han kunne, og dette var tydeligvis hennes motsvar. Å frata ham Sarah. Grunnen til at han sto opp om morgenen, grunnen til at han gikk på arbeid, grunnen til at han holdt ut. Han kjenner metallet presser mot hoften. Løsningen ligger fortsatt i jakkelommen, kun adskilt fra konflikten med et stykke tøy.

Med ryggen til fortsetter Beathe å sutre mellom snufs og hulking. En klagende bokstavsuppe som renner umerket ut i oppvaskvannet. Han blinker bort duggen foran øynene og putter hånda nedi lommen. Fingrene griper om den kalde kolben. Pupillene hans er to svarte klinkekuler. De fire skrittene mot Beathe er lydløse. Klumpen i magen som en kokong, i ferd med å åpne seg og slynge ut en armé av svarte sommerfugler. Hånden trekkes ut av jakkelommen og heves, rolig og avbalansert, til armen når sin fulle lengde, i nøyaktig, horisontal linje med Beathes bakhode. Munningen stryker nakkehårene hennes. Avtrekkeren frister pekefingeren, som vet akkurat hvor hardt trykk som skal til før den lille pinnen gir etter og sender ut en liten, kompakt ladning bly. Han kan allerede kjenne kruttlukten i nesen.

Beathe slutter å gni på den gule koppen når hun kjenner noe krype inn under hårstråene. Og så smeller det. Kula roterer seg inn i bakhodet. Blod og brusk spruter ut fra pannen hennes, klistrer seg på vinduet og siger nedover glasset som en klumpete suppe. Den gule koppen faller ut av hånden og blir stående på benken. Beathe siger sammen over kummen som en punktert dukke. Ansiktet dupper nedi oppvaskvannet, mens armene ligger i hvilestilling over kopper og fat. Arteriene i hodet pumper ut vertikale blodstrømmer opp i taket, som igjen drypper ned i oppvaskvannet. Såpebobler pipler ut av inngangssåret i bakhodet. Hun skulle bli værende slik til politiet fant henne, halvannen uke etter, i et delvis inntørket søl av blod, hjernemasse og skittenkopper. Bøyd over oppvaskbenken skulle hun vitne om en manns vilje og bestemthet, en mann som var over alle hauger og landegrenser innen de rakk å utstede en etterlysning. Interpol skulle i flere år jakte på denne mannen, som hadde startet et nytt liv sammen med dattera si i en liten fiskelandsby i Portugal. I det lille huset på en avsidesliggende holme skulle det herske familiero i litt over tre år, før de en dag sto på trappene. Pågripelsen skulle skje uten dramatikk, og han skulle tilbringe flerfoldige år bak murene. Dattera ble sendt hjem og tatt vare på av sin mors foreldre til hun ble myndig. Ikke før han nærmet seg seksti slapp han ut, og fant seg selv ene og alene i en ugjenkjennelig verden. Dattera fikk han aldri se mer, ettersom både hun og hennes besteforeldre hadde skiftet navn og bosted i god tid før løslatelsen. Han skulle dø ved hjelp av et tau og egen vilje, etter knapt ett år i frihet og fortvilelse.

Hånden griper om pistolen i lommen, fortsatt stående fire skritt bak Beathe. Det kunne være så lett, og det kunne bli så vanskelig. Akkurat som resten av livet hans. Og han hadde ingen andre å hevne seg på enn seg selv. Han måtte bare legge seg slik han hadde redet opp, og det skulle komme til å bli både

223

hardt og kaldt i tida som kom. Han kunne selvsagt gjort ting annerledes opp gjennom årene. Til de grader annerledes, og det hadde ikke kommet til å koste ham mye. I verste fall en kalddusj. Hadde han bare tatt mot til seg på stranda. Eller i dagene som kom etter. Mulighetene hadde vært der, men det var vanskelig å si hvorfor han ikke hadde tatt dem. Han hadde bare gått rundt og ventet. På det gode som aldri kom.

Sarah kommer til syne utenfor vinduet. Hun løper rundt, ikke langt unna likvogna, på jakt etter diverse småkryp hun kan torturere. På den annen side, hadde han tatt mot til seg på stranda, så hadde ikke denne jenta kommet til verden. Hun hadde aldri kommet til å løpe rundt der ute, så glad og fornøyd som bare hun kunne være, hvis det ikke hadde vært for hans handlingslammelse. To harde gråsteiner hadde på en eller annen måte klart å slipe fram en diamant, og det var denne det nå handlet om. Å gjøre akkurat det som var best for henne. Det var faktisk så enkelt, men samtidig så vanskelig. Han ser Sarah reise seg fra asfalten. Hun åpner døren og sette seg inn i vogna, for så å komme ut igjen med noe skinnende i hånda. Edvard har fortsatt ikke sluppet tak i tapte tilfeldigheter og konsekvenser, og oppfatter foreløpig ikke de aktuelle som utspiller seg rett foran øynene hans. Bryllupet til Ane, turen hans over grensen med bagasjerommet fullt av sprit, humpene i veien, de knuste flaske og spriten på asfalten. Lekeskuddet i skogen, Rolf på kirkegården, kistespikerne, den forsinkede, skinnende bursdagsgaven, som alltid pleide å ligge mellom setene i vogna. Først nå drar han linjen mellom prikkene. Sarah setter seg ned på huk, klar til å fyre på en feit edderkopp, som vasser i en liten innsjø av sprit. Hun snurrer på flinten.

Han har allerede begynt å løpe før han ser flammene. Ut døra og mot likvogna, som i løpet av sekunder befinner seg i et mindre inferno. Flammene har funnet veien opp og bak i vogna, mot flere liter svensksprit. Sarah, sittende rett ved, stirrer hypnotisert inn i de sprakende fargene. De tjue meterne fra døra og bort til bilen er uendelig lange. Nesten framme ved vogna kaster han seg mot Sarah, i et forsøk på å få henne unna i tide. Han er fortsatt i lufta idet han hører blaffet.

28

Det føltes urettferdig den dagen hun havnet her. Å få vite at hun måtte gjøre opp for noe hun ikke hadde gjort med vilje. Hun kunne kanskje tenke seg til at mordere og voldtektsmenn, og kvinner for den saks skyld, måtte svare for et eller annet i etterlivet, men ikke at hun, som ikke hadde noen som helst intensjon om å påføre skade, måtte betale tilbake for et uhell. Straffen hadde hun allerede fått. En skyldfølelse ulikt noe annet hun kunne forestille seg, å være den som påførte en uskyldig gutt slike laster. Men som alle andre før henne måtte hun innfinne seg med situasjonen. Et regelverk som alle måtte følge, selv om det kunne føles urettferdig for enkelte, var tross alt ikke noe nytt. Hvorfor denne balansen var så viktig kunne hun bare spekulere i. Noe eller noen hadde i alle fall formet disse reglene, så det var nok en hensikt med dem. Enten det hadde noe å si for utvikling av sjelen, eller hva enn det var hun var på dette tidspunktet, eller om det rett og slett var en lettvint løsning på problemet, så hadde hun nå gjort det som var krevd av henne. Endelig hadde hun gjort opp for seg, og endelig skulle hun få dra fra dette stedet. Videre i systemet, hva enn det skulle vise seg å være. Alt fra gjenfødelse til total stillhet, ikke visste hun, og ikke kunne hun gjøre noe med det heller. Man fikk tydeligvis ikke vite mer enn man måtte i denne eksistensen, noe hun egentlig syntes var helt greit. Julaften hadde tross alt ikke vært like spennende hvis man pakket opp gavene i oktober.

Motordur høres. En utslitt, grønn varebil kommer kjørende langs veien og svinger inn på rasteplassen. Vinduene er skitne, så tildekket av støv og sot at sjåføren forblir en silhuett, selv på kort avstand. Jenta ser forventningsfullt bort på den stakkarslige varebilen, som står og drønner på tomgang. Sidedøra åpnes mot rasteplassen, med et klagende ynk fra den velbrukte skyvemekanismen.

Ut kommer en medtatt mann, med et ansikt like forfalt som dressen sin. Edvard ser bort på jenta før han snur seg tilbake mot bilen og løfter ut Sarah, like smilende som alltid. Jenta smiler vennlig til dem begge før hun tar plass i varebilen. Ord forblir usagt. Hun lukker døren og vinker til Sarah, som vinker smilende og ukritisk tilbake.

Varebilen forlater rasteplassen. Edvard ser ned og smiler til det lille, forventningsfulle ansiktet. Han er vel vitende om hvorfor de begge er her, og han skulle nok få forklart det til henne etter hvert. Nå var det å holde henne igjen alt nok. Det hadde ikke skjedd slik han hadde sett for seg, men det var for så vidt noe han begynte å bli vant til.

Motorduren forsvinner rundt svingen. Stillheten senker seg atter en gang. Så stille som i graven.

Ved den utbrente likvogna, litt bortenfor en datter i fars armer, ligger den. Inskripsjonen på langsiden er knapt synlig under soten:

Uten glo, ingen harme
Uten ild, ing...

www.aleksandernordaas.com

© Aleksander Nordaas

Made in the USA
Lexington, KY
05 December 2015